GLASS HEART

アグリー・スワン

Ugly Swan

若木未生

by WAKAGI MIO

Contents

登場人物

香椎理多《かしいりた》

アイドルグループ《ミュジカ・ドリカ》でセンターをつとめる。
グループの中でも抜きんでた歌唱力と絶対音感を持っているが、
ステージで笑えないことから、アイドルとして上手くふるまえずにいる。

高岡《たかおか》　尚《しょう》

ＴＢ《テン・ブランク》のギター担当。自分のバンドの解散後、スタジオ・ミュージシャンとして活躍。

藤谷に呼ばれてTBに。藤谷の天才性を認めつつ、藤谷のせいで絶えず苦労している。

バンド全体に目配りをする常識人。

藤谷直季《ふじたになおき》

TBのリーダー兼プロデューサー。作編曲、ベース、ボーカル担当。

通称「先生」。十代の頃から神童と呼ばれて音楽業界にいた天才。

一時期音楽をやめていたが、高岡と出会い復帰を決心。坂本と朱音を見出してTBを結成。

西条朱音《さいじょうあかね》

TBのドラム担当。高校二年の時、ドラムの才能を見出され、TBにスカウトされた。

不慣れなドラムと、未知の音楽業界に、初めは戸惑っていた。

同じくTBのキーボード担当・坂本とは恋人同士。

坂本一至《さかもとかずし》

TBのキーボード担当。ほかの楽器も使いこなし、作編曲も手がける。
坂本のデモテープの曲を藤谷が改変してケンカを売ったことが、
TB誕生のきっかけ。藤谷とは互いに尊敬も嫉妬もする間柄。

上山源司《かみやまげんじ》

TBのチーフ・マネージャー。

高岡の依頼で、TBファーストツアーからマネージメントに参加。

ガテン系の頼れる兄貴分。


テン・ブランクとは…

音楽業界の寵児・藤谷直季、確かな技術で引く手あまたの高岡尚、才能あふれる若き音楽オタク・坂本一至、未知の才能を見出され輝きを放つ西条朱音——四人からなるバンド。様々な困難を乗り越え、着実にその実力と人気を伸ばし、今や業界中から天才と呼び声も高い。

イラスト　藤田貴美

アグリー・スワン
第一章

I

火薬の匂い。

――錯覚。

着火するダイナマイトが皮膚の間近にある。

そんな錯覚。

薄いスモークの膜をすかしてスポットライトの純白が墜落してきて。

ステージの中央、いちばん先頭。

フォーメーションのセンター、ゼロ番と呼ばれる立ち位置。

（むきだしの場所）

十二人のメンバー、前列五人、後列七人、きっかり序列つけられてるアイドルグループ《ミュジカ・ドリカ》の、センター。

それが、香椎理多《かしいりた》。

十九歳。

いまのあたしだ。

今夜も『ゼロ』に立つ。

靴底が冷たい。真夏なのにぞっとした。今日もステージは優しくない。

キャパ二百五十人のライブハウス。客入りはせいぜい六割。なのに「上出来だ」って口先で慰めあう大人たち。ぬるい。甘えた世界。なにもかも嘘《うそ》。ほんとうじゃない。

虚構。虚構で上等。アイドルグループ。十二人の女の子を見世物に仕立てて競争させてオタクに金を落とさせるよくあるシステム。一円でも多く。一日でも長く。夢。夢を見せる商売だってよく言われるけど夢って？

作り笑い？

理想的な恋人役？

（ちがう。あたしが見ている夢は）

「りーた、笑って」

隣のポジから菜々花《ななか》が囁《ささや》く。

「もっと、笑って」

そうだよね。

アイドルだから。

でも笑えない。

うまくできてない。

（口パクで踊れば笑える？）

知らない。

変拍子のイントロがはじけた瞬間、自分の身体の芯と、左右からくる強迫的なコンピュータ製の音の発作、まざりあって、区別つかなくなる。

旋律が光速のエスカレーターになって手元すりぬけていくから。

置いていかれる前に。

しがみつけ。


生歌をゆるされているのはあたしだけ。

他の子よりみっともない歌じゃ意味ない。

恰好《かっこう》つけたってアイドルグループ《ミュジカ・ドリカ》通称ミュジドリの商品、部品、ネジの一本。

これが、いまの、居場所だ。

圧倒的現実。

「りた！」

最前列で常連のコーイチさんっていうお兄さんがうれしそうに叫んでるけど大多数の定番コール「超絶、かわいい、りーた！」に消された。

笑わないのにごめん。

きっとあたしがまちがってる。

おかしいよ。

（歌は、ひかり）

スポットより真っ白い幻が目の奥を灼《や》く。

（ループは、鼓動）

ファンファーレに背中おしだされて、つんのめって、踊る。ステップ。踏みしめる。跳ねる。

いきる、いきてる。

「りた！　りた！」

最前のお兄さんずっと叫んでる。

聴いてくれてありがとう。

一瞬だけ、つながったみたいな気持ち。

まだ大丈夫。

そう思うような気持ち。


大丈夫じゃなかった。

「はい理多チャン、アウトーッ」

終演後に舞台裏でマネージャーの屋城《やしろ》さんにダメ出しされた。茶化した言いかたで。

屋城は四十代くらいに見えるオバ……オネエサンなんだけど今日もメンバーと似たような私服で、膝上のフレアスカートが痛い。

（痛い、と他人を評価できるほどのなにかが自分にあるわけじゃない）

裁くな。

ガキのくせに。

痛い、の行き先が、ふらふらする。

「アウト？　ですか？」

「あんなにいやいや歌ってちゃだめでしょ」

「いやいやじゃないです。あたしはちゃんと歌ってます」

「態度がよくない。笑えよ。客に媚《こ》びろよ。それが仕事なんだよ。センターおろすよ」

ドスをきかせて屋城が恫喝《どうかつ》した。

センターを決めるのはプロデューサーの志奈川《しながわ》さんなのにただの虎の威だろ、と思う。

思っただけじゃなく、たぶん顔にも出る。

態度が悪い。

知ってる。

「あんたさ」

化粧の濃い顔をゆがめて屋城が言った。

「せっかく才能あるのに台無し」


背中をつきとばされた。

だれかの尖《とが》った肘。

キャパ千人の、大きいライブハウスだった。単純にミュジドリの四倍以上。チケットはソールドアウトしてるから四倍どころじゃない。

オールスタンディング。だれもかれもぶつかりあってひしめく。客が多すぎる。みんながうわのそらで、注意力欠乏。こういう場所好きじゃない。こんな雑な場所。

(あたしの居場所じゃない)

ステージの下。

スポットのあたらないフロア。


ひとりだったら来ない。

幼なじみの芽衣《めい》に、どうしてもって誘われた。

芽衣は小学中学の同級生で、いまはフリーター。

いろんなミュージシャンの追っかけをしてる。

最近いちばんのお気に入りが《テン・ノランク》ってバンドで。

とくにギタリスト推し。

芽衣はひとをかきわけて最前列に陣取って、まだなにも始まってないのに目が潤んでいてテンションが平気じゃなかった。

「理多もこっち入りなよ!」

強引に腕をつかまれて迷惑。

「あたし後ろにいる」

「えぇー」

信じられないって顔で見られた。

理多、って呼ぶ声大きすぎた。

意識過剰かもしれないけどひとにみつかるのいやな

んだよ。

帽子かぶって伊達《だて》眼鏡してごまかしているけど。

ミュジドリの理多って気づかれたくない。

（ミュジドリの理多のプライベートなんか知られる必要ない。歌だけでいい）

ミュジドリそれほど知名度あんの？

地下ドルだろ。

自分で自分のこと馬鹿《ばか》にする。

ひとの溜《た》まりをぬけてフロアのいちばん後ろに行って、やっと気持ちすこしゆるむ。

壁によりかかってぼんやりした。ワンドリンクのミネラルウォーターの蓋をあけて飲んだ。

音楽は好き。

歌も好きだし。

芽衣の好きなバンド、ＣＤ聴いて、悪くないと思った。悪くない。

（でも業界でやたら『天才』のバンドって言われてるけどそれほど？）

宣伝文句が大袈裟《おおげさ》。

きっと昔からのコネとか満載で。

しょせん大きい事務所と大手のレコード会社のお金で、売ってる。

そういうのが世の中のしくみ。

テン・ブランクだって、商品のひとつ。

ミュジドリとおなじ。

（神格化なんかしない）

ミュジドリが負けるのはだめだ。

気持ちが負けたらだめだ。

――ふあん、と弦が唸《うな》った。

（エレキギター）

ステージにあがったギタリストの腕のなか。

わあっと観客が声あげて沸いた。

期待の声。

期待してる、だから裏切るなって気持ち。

そんな押しつけといっしょになってて。

すとん、とドラムセットが鳴った。

ドラマーの女の子がそこに座った。

とくに開幕らしい演出もなくて。

真っ正直にドラムのスティックがカウント打って。

キック。

（低音）

ものすごく音数の多いベースライン、いきなり、駆けあがってきて、

（真っ白い光）

人工の音、シンセ、鍵飯叩《たた》き壊しそうなキーボーディスト、うるさい、

（空中でぶつかって）

音、混ざって混ざりきらなくてリズム前のめりで轟《ごう》音《おん》がフロアを大波みたいに揺らして、うるさい、うるさい。

（ギター）

なにこのギター。

ドラムともベースともキーボードとも合わせてないの。

ひとりだけ浮いてる。

（なんで？）

フロアがラッシュアワーみたいに押しあって。

オーディエンスが腕をふりあげる。

そうやって暴れないと破裂しそうなんだ。

大嵐の真ん中で。

ベーシスト、藤谷直季《ふじたになおき》——『天才』の、罠《わな》みたいな音符の並び、高速で鳴らしながら、
マイクに声を、のせる、
肉声の、
なかみ、

（神様）

とっさになんでか思った、
神様たすけてください。

いやだいやだいやだ聴きたくない。
耳が自動的に欲しがる。
そういう声。
卑怯《ひきょう》。
「タカオカ！」
音にまぎれてだれかが叫んでる。
すぐそばにいる男の客だった。
両手をメガホンのかたちにして名前を呼んでた。
「高岡《たかおか》、高岡、高岡！」
それやっぱり気持ちつながるの？
聴こえないよ。
生の声なんか。
（高岡ってギター？）
高岡尚《しょう》。
ギタリスト。
赤みがかかった髪を肩までのばしてる。
それしか知らない。

六弦の切っ先で。
他の音とぶつかって。
怪我《けが》させようとしてる……。
（あっ）
最前列のバーをこえてたくさんの手がパニックおこしてステージにむかってのびて。
一瞬、ギタリストが斬るのをやめた。
ゴメンナサイって口が動いた。
だれかの手にぶつかった？
（芽衣？）
芽衣が謝られてた。
謝っちゃうんだ。
ぬるいな。
勝手にがっかりした。

「大丈夫？」

ライブが終わって、最前列まで行って芽衣の背中に声をかけたら、

「やばい、やばい、やばい！」

芽衣はいかれた顔になってた。予想はついてた。

「目が合っちゃった！」

「なにと？」

「尚だよー！　かっこいー！」

「ギターの？」

「それー！　最高ー！　優しいー！」

「あんな無茶なとこまで手を出すから踏まれるんだよ、バーの意味ない」

「踏まれてないし。ちょっと触って突き指しただけだし」

口をとがらせて芽衣が言いかえした。

白い包帯、人差し指に巻いてる。

「アンコール待ってるあいだにスタッフさんが湿布巻いてくれたし」

「あのう、すみません」

腰の低い男性スタッフが話しかけてきた。

スーツじゃなくてロゴ入りのスタッフTシャツ着たひとだけど、バイトっぽくはない。

現場の権限ありそうな雰囲気の。

「さきほど高岡と接触して、お怪我をされましたよね。治療費をお支払いいたしますので、ご連絡先をうかがえますか」

「えーっ。大丈夫です。大丈夫です」

「それで、もしよろしければ、バックステージまでご同行お願いできませんか。高岡がお詫《わ》びをしたいと申しておりまして」

「えええーっ」

芽衣が甲高《かんだか》い悲鳴をあげた。

「どうしよう。理多、いっしょに来て。やばい。どうしよう」

「うちの友達、つながり目的のグルーピーじゃないん

で。変な意味で声かけるんだったら、よしてください」

あたしの一言に芽衣はびっくりして、男性スタッフのほうもおやっという感じで眉をあげた。

「失礼しました。《テン・ブランク》チーフ・マネージャーの上山《かみやま》と申します。誤解を招いてしまう言いかたをして申し訳ありません。女性マネージャーを同席させます。――それと、高岡はくそまじめな野郎ですので、ご心配なく」

くそまじめ。

バンドマンがまじめってどんな冗談。

芽衣が心細そうに腕にすがりついてきた。

「理多、いっしょに来てー」

「わかったから」

踏まれてないなら断ればいいのに。

でも芽衣がこのチャンスを棒にふるわけがなかった。

あたしはつながり目的じゃないって言ったけど、ほんとは芽衣ならどんなきっかけからでも彼女の座を狙いにいきそうだった。芽衣は肉食だから。見た目もガーリー系で可愛《かわい》いし。

芽衣があたしとつるむのは、あたしの見た目が芽衣ほどふわふわ可愛くないから。一応アイドルだけど、笑うのが下手だから。

バックステージパスがなくちゃ入れない扉、マネージャーの上山さんが開ける。無線で連絡とりながら、「こちらですどうぞ」と、あたしたちに言った。若い女性マネージャーが奥から廊下を走ってきて、その後ろから、あの、赤っぽい長い髪の、ギタリストが、来た。歩いてきて、立ち止まった。

（なに）

ただの付き添いなんだけど。

じっとこっちをまっすぐ見られて困った。

（他人がなんでいるのってこと）

いやだ。

不本意で頭が熱くなった。

「あたしは付き添いで」

しょうがなくて自分から早口で言った。

「ステージに迷惑かけたのはこの子」

「あっ。ごめんなさぁい」

芽衣が媚びた言いかたをした。

「こちらこそ、すみませんでした」

一ミリも笑わないで、高岡尚が頭をさげて、言った。

愛想ない。

ひとのこと言えないけど。

「やだー、わざわざありがとうございますぅ、優しいー」

芽衣は涙目になっている。

神様に会ったみたいに。

神様の安売り。

ステージをおりたらただの人間。

「指は大事だから」

高岡尚が言った。キャアー、平気ですー、と芽衣が高すぎる超音波みたいな声を出した。

(指)

それギタリストの価値観じゃないの。

他人に押しつけるの。

(好きじゃない)

好きじゃない。

なんか、他人のこと、自分の価値観がわにひっぱる。

そういう感じがするから。

「もういいよね」

あたしが言ったら、芽衣が不服そうな顔をした。

「ええー」

「もういいよ。帰ろう」

あたしが歩きだそうとしたので、芽衣が慌ててあたしの服の袖をつかんだ。

「理多、待ってったら」

「友達?」

ふっとギタリストが言った。

（あっ）

ここステージじゃないのに。

また斬られた。

透明な六弦で。

（なにすんの）

ほんとうの友達かどうか区別するみたいに。

関係ない。

なにさま。

優しくなんかない。

斬られっぱなしで負けたくなかったから視線そらさないで、こっちからもしっかり眼《め》を見た。

（くそまじめ）

なのかな。

まじめってなんなのか知らない。

叩いても曲がらない直線みたいな眼だった。

もっと汚い眼をしてるんならよかった。

そのほうが、ふつうに嫌える。

＊＊＊

ソロデビュー。

してもいい、とプロデューサーの志奈川さんが言った。

ミュジドリのシングル録《ど》りをしたレコーディング・スタジオ、ほかのメンバーが帰ったあとのがらんとしたロビーで。

「りーた、ソロデビューしたいだろ。どうよ？」

志奈川さんは、金髪でサングラスで肥《ふと》っているおじさんで、すごく業界人っぽい。でもアイドルむけの楽曲をつくる腕は確かだし、あたしは好きだ。尊敬している。

「したいです。でも、ミュジドリはクビですか」

「ないわ。いまのミュジドリは、おまえクビにできねーから」

「両立ですか」

「そう。あと、売れてね」

簡単な条件みたいに言われた。

「握手会、増やしますか」

「おまえ握手好きじゃねーだろ」

「仕事ならやります」

「ンー、客に伝わってんだよ、そういう気持ち。意外と大量にバレてる」

耳の穴を小指で掻《か》きながら志奈川さんが言う。

「すみません」

謝った。

「できないもんは、しょーがねえだろ。とにかくいい楽曲を用意するから、いい歌を入れろ」

「ありがとうございます」

「音な、ミュジドリみたいにピコピコしてるんじゃなくて、バンドサウンドにして差別化しようと思ってんの。多少シンセも乗せるけど」

「はい」

「三堂《みどう》ってベーシストの友達がいるのよ。ベテランのスタジオ・ミュージシャン。そいつがバンマス」

「はい」

「だれか使いたいミュージシャンいる?」

志奈川さんが言った。

よくわからないです、と答えた。


ソロデビュー。

するよ、と母親に言った。

母親は目玉をまるくして、「あらあらまあ、よかったわねえ」と大きな声を出した。幼稚園児のお誕生会の司会みたいに。

「よかったわねえ、理多ちゃん。じゃあもうあの短いスカートを穿《は》いて踊らなくてもいいのね」

「ミュジドリはやめないよ」

「あら、そうなの」

急に醒《さ》めた顔になって、母親が不満げに言った。

「お母さんは、理多ちゃんがあの短いスカートで踊るの、いやなのよ。ああいうことのために、ちっちゃいころからお歌やピアノのレッスンしてきたわけじゃないでしょう？　『理多ちゃんは絶対音感がある』って先生に褒められたから、お母さんもがんばって毎月の月謝を払ってきたのよ。もう十九歳なんだから、いつまでも子供っぽいアイドルなんてやってられないでしょう？」

このひとは何千回も何万回も何億回もおなじことを言う。

十二人のなかでセンターとっても。

「わかってるよ。ちゃんとソロデビューするんだから、いいでしょ」

「理多ちゃんはジュリー・アンドリュースみたいになるわよねえ？」

何億回も言われて。

ジュリー・アンドリュースもいい迷惑。

（『サウンド・オブ・ミュージック』は好きなのに、言われすぎて、すり減る）

お母さんの夢はお母さんが叶《かな》えなよ。

言いたくなる。

（毎月の月謝）

三歳のときから積みあがった月謝。

父親の給料と母親のパート代。

（たかが絶対音感なんか、芸能界じゃめずらしくないのに、そんなものに賭けて散財して）

考えると頭の回転が止まるし。

めんどうくさくなる。

「知らないよ」

「大丈夫。お母さんは理多ちゃんを信じてるから、大丈夫よ」

どこが？

「疲れたから寝る」

強引に話切って自分の部屋に入った。

四畳半の狭い和室。ぜんぜんアイドルっぽくない。

よぶんなお金なんかない。給料のほとんどは母親に渡すし。

壁際でヘッドホンかぶって音楽聴いた。

この世にヘッドホンと音楽があってよかった。

ぜんぶ遮断する。

（あ、このCD……テン・ブランクだ）

芽衣から借りたアルバム、プレイヤーに入れっぱなしだった。

藤谷直季の旋律、特徴ありすぎて。

音符の動きに油性マジックで名前が書いてある。

——天才。

遠い国のめずらしい生き物。

（藤谷君は神童って呼ばれたんだって）

芽衣が言ってた。

（ロック界のアマデウスだって）

ロック界、の、アマデウス……ダサい呼びかた。

アマデウスってモーツァルトのことで。

凡人のサリエリに憎まれる役。

（つまり憎まれろって意味の渾名《あだな》？　業界、無神経なやつばかりだから）

ダサい、と思うのに、ずっと止まんなくて最後まで聴いてた。

子守歌みたいに。


ソロデビュー。

ミュジドリのメンバーにばれたらハブられた。

そうだろうなと思ってたけど、リーダーの菜々花にまで無視された。

もともとメンバーといっしょに騒いだり遊んだりしないから、どうってことはないけど。

ステージのうえでは、みんな仲良しっぽくふるまって「りーたソロデビューおめでとう！」と言ってクラッカー鳴らしたりして。あたしも「ありがとう」と言ったりして。

なのに楽屋に戻ったら、あたしのヘッドホンが鞄《かばん》のなかから消えてる。

安くない、ゼンハイザーの白いヘッドホン。

大事なものなのに。

早めに見当がついて、ごみ箱のなかを探した。コンビニ弁当の残飯といっしょに捨ててあった。

タルタルソースがついてる。

「だれだよ！」

ヘッドホン拾いあげて楽屋の連中に怒鳴った。

みんな視線をそらして黙ってる。

「新しいの、志奈川さんに買ってもらったらよくね？」

そっぽをむいたまま、大きなひとりごとみたいに美《み》織《おり》が言った。

「プロデューサーと仲良しなんじゃん」

「はあ？　そういう勘繰り気持ち悪いんだけど！」

「ちょっとー、大声やめなー、外に聞こえるー」

マネージャーの屋城さんが入ってきて、あたしを叱った。半笑いになって言った。

「理多は日頃のおこないが悪いんだよ。協調性がないから。キョーチョーセーが」

協調性。

ないよ。ないです。知ってる。

（わざとやってんじゃない）

うまくいかない。

でも歌いたいんだ。

（ジュリー・アンドリュースじゃなくていい）

あたしの歌。

あたしだけの歌。

Ⅱ

「俺、りーたが女子に嫌われてるとゾクゾクするんだよな」

　志奈川さんはニヤニヤしてそんなことを言う。

　ハブられてるって言ったわけじゃないのに、うっすら知られてた。

　いやなおじさんだなって思うけど、意地悪言われてるんじゃないのはわかる。

　たぶん褒められてる。どっちかといえば。

「嫌われるところ、捨てんなよ。そこ商売のタネになるから」

「捨てかたわかんないです」

「だよなー」

　派手なゼブラ柄のスーツのポケットに両手をつっこんで、志奈川さんがてくてく真昼の西新宿《にししんじゅく》の裏道を歩いていくのを、一歩半遅れてついていった。マネージャーはサボり。メンバーの人数多いから手がまわらないっていうそれらしい言い訳。

　ミュジドリがいつも使うのとはちがうレコーディング・スタジオ、暗い階段をおりた地下にあった。

　いつもはボーカルしか録らないけど、今日は楽器を録るから……。

（楽器――バ、ン、ド）

　あたしの歌を鳴らす。

　わかんないな。

　どんな気持ちでいるのが正解なのか。

　バンドって。仲間なのか。味方なのか。

　敵なのか。

　スタジオに入ると、まず学校でいったら校長室くらいの広さのロビーがあって、その奥の防音扉のハンドルまわすとコントロール・ルームで、そのまた奥がレコーディング・ブース。

ブース広い。

「えっ」

びっくりした。

ブース広くて。学校でいったら一クラスの教室ぶんありそうだった。

そこにドラムセット組まれてて。

ベースとギターもスタンドに立ってて。

「ぜんぶ、ひとつのブースで録るんですか。バラバラじゃなくて」

「そう。一発録り」

志奈川さんは平気で顎の無精髭《ひげ》をこする。

「でもそれ難しいんじゃないんですか」

「りーたも歌えよ」

「は？」

「まあ、俺も鬼じゃないから、ボーカルは別のブースでやっていいから。でもいっしょに歌えよ。一体感と勢い出るから」

「は？　鬼ですよ」

「ははっ。ざまあ。りーた才能あるから使わねえとなー」

ざまあって。

なんかショックでぼんやりした。

（やらなくちゃ）

――あたしの歌だ。

他人になんかゆずれないし。

負けんな。

「どーも、オハヨーす」

志奈川さんとおなじくらい派手な椰子《やし》の木の絵柄のアロハ着たおじさんが、レコーディング・ブースから出てきてかるく言った。だれ。

「おお、理多っち。ベースの三堂っす。よろしく」

ミドウさん。

その名前は先に聞いてた。

バンマス。

だから丁寧に挨拶した。

「香椎理多です。お世話になります。よろしくお願いします」

「まじめだな、理多っち。いいのよもっと気楽で」

へへっと三堂さんが笑った。志奈川さんと友達なのわかる。てきとうな感じが似てる。

「ドラムは林《はやし》。腕はいいよ。喋《しゃべ》んないけど」

ドラムセットのほうを指さして三堂さんが言った。ハヤシさん。職人ぽい見た目してる。あたしは頭をさげて、よろしくお願いします、ともう一度言った。ハヤシさんには黙ってうなずかれた。ほんとに喋らないひとだった。

「ギターはー」

三堂さんがブースのなかを覗《のぞ》きこんで、隅にいるギタリストに声をかけた。

「高岡ー。シカトすんなやー」

「してません」

無愛想にギタリストが答えた。

（タカオカって言った）

えっ。

なんで。

（本物）

髪が長くて。

ひとのことを斬るギタリスト。

「お？」

三堂さんが好奇心を顔に出した。

「理多っち、高岡のファンか？」

「ちがいます」

大きな声になりすぎた。アッハハハハハハ、と三堂さんがげらげら笑った。

「ごめんごめん。多いからさ、高岡のファン。こいつがいまのバンド組む前からまあ常時人気あるんでね、ついね」

「でも、テン・ブランクのひとが、どうして、いるんですか」

「いやー、だって、いいギター連れてこいって志奈川が言うから、おじさんコネ使ってがんばっちゃった。不満？」

「――不満ていうか」

どう言えばいいのかわかんなくなった。

（好きじゃない）

そんなこと言う場合じゃない。

レコーディング・エンジニアのひとたちだって、もう揃《そろ》ってる。

逃げらんない。

（なに）

ギタリスト、視線を動かして、じっとこっちを見た。

急に質問された。

「会ったことある？」

「――あります」

「ああ。やっぱり」


会話、それで終わりだった。

「ずいぶんベタなナンパするな高岡」

「してません」

三堂さんがからかって、また無愛想に高岡尚が答えた。

「それより早く弾きたいんで。いいですか」

催促とかするんだ……。

早く。

（歌いたい）

そう。

脳のてっぺんが覚醒した感じになって。

早く歌いたいと思った。

早く早く早く歌わないと枯れる。

そういう、ナマモノの気持ちがあって。

擦ったばかりのマッチの火みたいに。

「りーた、できるよな」

志奈川さんが言った。見抜かれてた。

「はい」

覚悟きめた。

ステージでゼロ番に立つのとおなじ覚悟。

ボーカル用の狭いブースで、マイクのセッティングしてもらって。

ブースの防音扉を閉める。宇宙にいるみたいに凄《すご》い静かになった。怖くない。怖くはない。ミュジドリで二年間、こうやって歌ってきた。十二人分の一じゃない。いつだってひとりだった。

(台無し)

屋城が言う。才能あるのに台無し。協調性がないから自業自得。

協調性のある歌、歌えない。いびつ。まちがってる。それが自分。

ヘッドホンをかぶるとメインのレコーディング・ブースとつながっていて、スネアドラムのザラッとした音が聴こえた。わぁん、と、電気の通った弦の反響、唸る。エレキギター。

早く弾きたいって言ってた。

(弾きたいんだ? ほんとう?)

歌うの藤谷直季じゃないのに?

それって普通?

両足踏みしめてマイクの前に立った。

「歌えます。お願いします」

「はいよー」

志奈川さんの返事といっしょに、ドラムのカウントが来た。

——三、二、一。

どっ、と一斉に警報みたいに鳴ったイントロ一拍めに、背中つきとばされて、危なかった。

よろけるな。

崩れるな。

ドラムもベースも地層みたいに分厚くて。

がっちり、根を張って。かんたんには揺れそうにないリズム。高速でも。技術とか余裕とか大量にある。ベテランのひとたちの。ぬるくない音楽。

甘えさせてくれない音楽。

ありがとうございますと思った。

舐《な》められてない。

その地層のうえを、斬る、六弦。

（どうやって弾いてんの）

別のブースにいるから見えない。音しかない。ギター。どうやって、ぜんぶ、敵にまわして生きてんの。

呼吸する。斬りかえす準備する。

負けんな。

喉をひらく。

身体を乱暴な楽器にする。

歌いだす。

「録れちゃったなあ。一発で」

コントロール・ルームの操作卓《コンソール》の前に座ってる志奈川さんが、ニヤニヤして言った。

「えっ。嘘ですよね」

「なんで嘘よ」

「だって……こんな歌いかたでいいんですか」

「どんな歌いかたよ」

「嫌われ者」

「それなー」

志奈川さんがへんにウケて、両手を叩いて笑った。

「やっぱ無理言ってでも高岡君に弾いてもらって大正解だったわ。俺のプロデュース、最高だわ」

「そうなんですか」

「そう。相乗効果、化学変化ってやつな」

高岡尚を使うのが志奈川さんのプロデュース。

よくわからないけど。

「うまく歌えなかったところもあるから、もっと歌いたいです」

「完璧にやりたい気持ちはわかるけど、おまえほっといてもテクあるから大丈夫よ。それよか生《ナマ》のテンションが大事」

「でも」

「理多っち、ものすごく歌うまいぞ。感動した！」

三堂さんがブースを出てきて、褒めてくれた。

嬉しいのと、信じていいのかわからないのと、両方の気持ちがする。

大人のひとは、かんたんに褒める。

口先で。

「どうですか」

勇気出して高岡尚に訊《き》いた。

口先の嘘、このひとは、たぶんないから。

（めちゃめちゃ斬られるかもしれないのに馬鹿な質問した）

なんであたしそんなこと訊いたんだろう。

と、あとから遅れて思った。

「どう……というと」

すこし長すぎる前髪の下で、高岡尚が言いかたを考える顔をした。いいかげんなことを言わないように準備する時間だった。まじめ。――くそまじめ。

「好きですよ。ロックで」

「そうですか」

怖くなくて拍子抜けした。

「あなたはだれに勝ちたいの」

逆に質問が返ってきて、そんなの想定していなかったから、答えが浮かばなかった。

「ぜんぶ」

そんな返事をした。

言葉、足りてなかった。

窮屈なぜんぶに勝ちたい。

ミユジドリ。母親。マネージャー。ジュリー・アンドリュース。アイドルの自分。

結局自分。

「そう」

やっぱり愛想はないまんまで高岡尚が言った。でも、いやな感じはしなかった。

（ぜんぶ斬るギター）

そうか。似てるのかな。

志奈川さんのプロデュースの意味が、なんとなくわかった。

（テン・ブランク辞めちゃえばいいのに）

急に思った。自分にびっくりした。

辞めるわけない。

（いま、このひと、好きだって言ったんだ。……あたしの歌）

あ、い、あんなバ、ン、ド、辞めて――。

あんな、不、似、合、い、な、バンドは、辞めて。

あたしの歌のギター弾けばいいのに。

（そんなことあるわけない）

あるわけなかった。

「テン・ブランク辞めないんですか」

すごく渇いた口が動いて勝手に言った。

志奈川さんが半笑いになった。大人がよくやる笑いかた。やめろってきっと叱《しか》られる。やめろ。安全地帯の外に出るな、ひきかえせ。

「ひとりだけ才能ない、のに、辞めないんですか」

早口で。

無礼なこと、かたまりのまんま、ぶつけた。

これだからだめなんだ十九歳にもなるのに。

「りーた、謝れ」

志奈川さんが怒った声を出した。

「いや、いいですよ」

高岡尚が、それをくいとめて言った。

「むしろ褒め言葉なので、いいですよ」

褒め言葉。

なんで？

嘘だ。

かばわれた？

「すみません」

自分の靴の爪先を見おろして、謝った。

「ともかく、理多っちは、高岡のギター気に入ったんだよな？」

その場をおさめるみたいに、三堂さんが陽気に言った。ああ身も蓋もないけどそうだなとわかった。はい、と答えた。

このギター欲しいんだ。

でも手には入らない。

＊＊＊

手には入らないギタリスト、それでも、思ったよりずっと、つきあいがよかった。

レコーディング一回きりで縁が切れると思ったのにミュージックビデオにも出てくれてめちゃめちゃラッキーだわ、と志奈川さんが言った。

「頼んでみるもんだなー。正直これでT　B《テン・ブランク》のお客が釣れると、合格ラインまで売れるぞ。ありがてえー」

「藤谷直季の歌じゃなくても売れるんですか」

「藤谷直季なー。言ったらなんだけど藤谷直季って露骨に天才だからよくも悪くも個性が強すぎるのよ。高岡君は藤谷ブランドの音にも負けねえけど、藤谷ブランド以外の曲にもいい音出すから、ＴＢ専属状態はもったいねえのな。だからいまでも彼には外注の仕事が切れないし、俺も藤谷みたいな天才じゃないけど仕事頼んじゃうわけ」

「志奈川さんはアイドルプロデュースの天才じゃないですか」

おべっかのつもりじゃなくて、本心から言った。ミユジドリの楽曲は完成度すごい。歌いこなせないから、みんなステージでは口パクだけど。

「まーな。俺の天才性も世間に知らしめていいころだろ。だから、りーたは売れろよ」

「ミュジドリは売れなくていいんですか」

「ミュジドリみたいにぬるいコンテンツも世間には必要なのよ。どいつもこいつもビルボード一位狙いじゃ、癒しが足りない」

ミュジドリが癒し。

そういう考えかたあるんだ。

バックステージではつまんないイジメがつづいているけど。

お客の前では全員ニコニコする。笑えないのはあたしだけ。

「言いかた、いろいろですね」

「オトナはな」

志奈川さんがしれっと言った。オトナだから、あたしがメンバーに嫌われるのもおもしろがるだけで助けてはくれない。

(助けてほしいとは思ってない)

仕事。遊びじゃなくて仕事だから。

甘えない。

「高岡君、りーたのソロデビューライブでもギター弾いてくんねえかな？」

「それ望みすぎじゃないんですか」

「永続的《パーマネント》なバックバンドをよろしくってんじゃないんだから、一回くらいならありだろ。それに、高岡君、この曲好きだろ。タイトル褒めてたぞ」

「そうなんですか」

ほんとうに好きなのかな。

デビュー曲のタイトルは、『アグリー・スワン』——醜いアヒルの子じゃなくて、醜い白鳥の子。

そういうのが香椎理多らしい、って、志奈川さんがつけてくれたタイトル。

白鳥であることを忘れるな、と言われた。

みっともなくても。

「理多ちゃん、ソロデビューおめでとう。よかったね。——でも」

ミュジドリのライブのあとの握手会で、常連のコマさんっていう優しそうな男のひとがあたしの前に立って、でも、と言った。

伏し目がちになって口元だけ半端に笑った。

「でももう理多ちゃんの列には並べないかなあ」

「そうなんですか」

「だって枕営業してるし」

きめつけられた。

なにそれ。

「してません」

強い返事したら、コマさんは怯《ひる》んだ感じで、後ろに一歩さがった。それでも逃げないでまだそこにいた。

「志奈川とも高岡ともやったんでしょ」

「そんなことしない」

「噂《うわさ》になってるよ」

「ただの噂じゃん！」

くだらない噂が邪魔で、本気で大声を出した。握手会に並んでるみんなの、いろんな無遠慮な視線がこっちに刺さった。

マネージャーの屋城さんが、すばやく割りこんできた。相手を剝がすんじゃなくて、あたしの両肩をつかんでパーテーションの裏まで連れていった。

「言いかた考えて。なんにもないですよって、笑ってかわせばいいでしょ」

「だけど」

「ファンとマジに喧嘩《けんか》するのやめな。もっと、距離おいて相手しな。どうせむこうもこっちのこと安い地下ドルとしか思ってないんだから割りきって。あんたもプロでしょ」

あたしはプロで。

きっと屋城もプロだった。

なにかが、くいちがうだけで。

すみませんでしたと謝って、握手会の、自分の列に戻った。コマさんはもういなくて、次の番の、高校生くらいの女の子が待ってた。このひとたちなんで待っていてくれるのかなと思った。なんにもうまくできないのに、どうしてまだいるのかな。

「待たせてごめんなさい」

謝って両手で握手したら、女の子が眼をまるくして言った。

「理多さん、手が冷たい」

「そうかな。ごめんね」

「わたし理多さん憧れてるんです。理多さんみたいに歌えるようになりたい。夢です」

「夢って」

夢ってなに。

全然わからないことなのに。

「夢が生きて歩いてるのが理多さんなんです」

「ありがとう……」

お礼を言う途中で、握手券一枚ぶんの時間がなくなって、剝がしのスタッフさんが「終わりです」と言った。

「理多さん泣いてるの？」

スタッフさんに肩を押されて遠ざけられながら、女の子が心配そうに訊いた。

「大丈夫」

そう答えた。

あたしは歌える。


いつもミュジドリが使うライブハウスの楽屋に、今日はメンバーがいなくて、あたしだけだ。メイクさんよりマネージャーより先に、ひとりだけ、早く入りすぎた。だって、ソロデビューライブの日だった。特別な日。

普段は窮屈すぎる楽屋が、だだっ広くて、変な気持ちだった。

大丈夫。

音楽は味方。

手では触《さわ》れない、かたちのないものだけど。

必ず自分のまわりにある。

「――break」

藤谷直季の作った曲、ふっと浮かぶから。

歌ってみる。

break the GLASS HEART　脆《もろ》い鏡の自分を打ち砕け
傷ついたその腕から
君を
始めるんだ

どうして胸がいっぱいになるのかな。

傷だらけの旋律。

暗闇のなかの、半分きりの月みたいに、傷口さらして光る。

藤谷直季の、そういう音が、いまの自分に似合う気がして。

必要な気がして、歌って。

勇気をとりもどす。

「それを歌うなら伴奏するけど」

楽屋の入口に立って、急に声をかけてきたのが、高岡尚で。

なに言ってんのと思った。

（ひとの心臓を止めてなに言ってんの平和に）

馬鹿みたいだ。こんな反応。

手に入らないギター。

「なんで、こんな早くに、来るんですか」

「いい歌が聴こえてきたので」

煙草《たばこ》一本、くちびるのへりに銜《くわ》えて、でも火はつけないまんまで、涼しい顔して高岡尚が言った。

ギターケース、背負ってる。自分で。

つきあいのいいギタリスト。

いくら志奈川さんが無理やり頼んだからって、ほんとに来るとか、意味がわからない。

「グラスハート、テン・ブランクさんの歌じゃないですか。それ自画自賛ですよね」

「まあね。でも、いま聴こえたものも、いい歌だと思います」

「そう、ですか」

「あなたの白鳥の歌も、いいよね」

なんか、今日、このひと、たくさん喋る。

返事のしかたがわからなくて困る。

「あたしは、醜い白鳥の子だから、はまるんじゃないですか」

「そうなの？」

「志奈川さんがそう言ってたから……」

「そう」

楽屋の奥まで入ってきて、丁寧にギターケース置いて、コーヒーメーカーのコーヒーを紙コップふたつに注いで、ひとつをあたしの前に置いて、ひとつを自分で飲む。あたりまえみたいにそんなふうだった。

西条朱音《さいじょうあかね》にも、あたりまえにコーヒーいれてあげるんだろうな。

「テン・ブランク忙しいですよね」

「それなりに」

「いいんですか。今日、ここにいて」

「来たかったので」

「そんな、こちらに都合のいいこと言われたら、誤解して、甘えるから、よくないです」

「甘えるの嫌いでしょう」

さらっと言われた。

それもそうか……。

正しい甘えかたなんか、知らない。

「……ライブ出てくれてありがとうございます」

足りない協調性。

できるだけ発揮してみた。

ぎごちなさすぎる。

不恰好な社会性。

「あなたが主役なので」

高岡尚が言った。

「いい歌が聴ければそれでいいですよ」

「テン・ブランクでもそうなんですか」

「バンドの場合は、いくらか迂回路《うかいろ》を通るけれど、最終的にはそう」

迂回路。

小難しい言いかた。

なにかの秘密みたいだった。


ライブは一瞬で終わった。一瞬だった。セットリスト七曲だけのミニライブだったし。足りなくて、もっと何十曲でも歌えると思った。でも実際は、七曲めの終わりには膝がガクガク震えて限界だった。力の配分とか、ペースを守るとか、そういうの無理だった。

背中から刺してくるギター。鋭角で。

痛くて。

全身で、はねのけないと、痛くて。

(小娘相手になに本気になってんの)

可笑《おか》しい。

同時に泣きそうになった。

(今日しかないのに一瞬で終わる)

特別な日なのに。

今日しかギター頼めないのに。

「りた!」

最前列で常連のコーイチさんが今日も嬉しそうに叫んでる。

嬉しいの？

不思議な気持ちになる。

　さかさまの水面にうつったら
　おまえの正体がわかる
　汚されても潔白
　気高き白鳥を名乗って
　独りきり輝いていけ
　call me ugly swan

身体の真ん中から声を。

魂の芯から声を。

残酷なギターの弦と、鍔迫《つばぜ》り合いでも。

歌うしかない。

「りた！」

わっと正面から熱の波を浴びたみたいだった。歓声がぶつかってきた。

みんなの声が柱になって支えてくれる。背中が痛くても立っていられる。立てるよ。

「ありがとう。ありがとうございます。またね」

うまく笑えないけど手を振って言った。

ふりかえったら長い髪のギタリスト、白いピックを客席に投げて、バックステージにはけていくところだった。客席のだれかが、背伸びして両手をあげてピックを受けとめた。

欲しかったな。

記念に。

「……あの」

後ろ姿追いかけて、声をかけた。

「ピック、あたしも貰《もら》ったらだめですか」

「どうしてだめだと思うの」

苦笑いした感じで高岡尚が言った。

「変ですか」

勇気が必要だったのに、軽い思いつきみたいに、笑われたくなかった。

「ごめんなさい、うちのドラムのひとが言いそうなことを言うから。……いいんだよ、あなたが主役なんだから」

すこし、くだけた喋りかたをして。

（友達みたいだ）

——尚が。

白いセルロイドのピック一枚。

掌《てのひら》にくれた。

表面にＴＢのロゴ。

まるでＴＢっていうバンドとの結婚指輪。

そんなふうに見える。

すこし悲しい。

「歌えるひとで、よかったね。おめでとう」

そう言われた。

「ありがとう」


もしかしたら、歌なんて呪いかもしれなくて。ジュリー・アンドリュースにはなれないのに、後戻りできなくなってるだけかもしれなくて。

だけど歌を祝福されて嬉しかった。

Ⅲ

クリスマスのころは暇だった。

アグリー・スワンの売り上げは、志奈川さんが言ったとおり、『合格ライン』だった。悪くない。けど、とびぬけていいわけでもない。もともとの知名度からいったら妥当な結果。高岡尚を使った効果はあって、ミュジドリよりはたくさん売れた。でもそのぶん、『枕営業』って噂が消えなかった。困るわー、と屋城が言った。

「そういう素行が悪そうなイメージつくとミュジドリ本体に影響するでしょ」

ミュジドリのライブも、握手会やチェキ会なんかの接触イベントも、サボらずまじめにこなした。メンバーには無視されて、小さい嫌がらせ――私物を隠されるとか衣装を汚されるとか――も止まらなかったけど、それくらいで歌うのをやめようとは思わない。

「ソロ二枚目の構想あるんだけどなー」

つまらなそうに志奈川さんが言う。

「このままいったらミュジドリ潰れるかもしれねえって、運営が萎縮してんだよな」

「潰さなければいいんですよね」

「いやー、俺らの手の及ばないとこで勝手に潰れることもあるだろ」

「そうなんですか」

「他人はコントロールできないからな。変えられるのは自分だけってやつ。まあ、セカンドは準備しとくから、りーたは自己研鑽《けんさん》に励んでな」

「研鑽……ボイトレですか」

「それもあるけど、なるべくいろんなことに感動しろ」

チケットを二枚くれた。招待券、って書いてあった。十二月二十四日。日本《にっぽん》武道館《ぶどうかん》。

「このイベント、テン・ブランクも出るからバクステ行ってみて会えたら挨拶しとけ、お世話になりましたって」

「……ギターは何度も頼めないですよね」

「すぐにはな。最近は高岡君も暇がないみたいで連絡とれねーしな。でも未来に投資するのはいいことだろ」

志奈川さんが言うことは、いろいろ納得できるから、ありがたいと思った。自分より視野の広いひとをオトナって呼べるのは、ありがたい。

＊＊＊

武道館には、芽衣を誘った。すごく喜ばれた。チケット即完売のイベントだったし。

招待席は二階の真ん中の最前列で、ステージが近くに見えた。ただ、まわりの席に座ってるのが有名な業界人だらけで居心地はよくなかった。

「ここの席、立って踊るの無理そう。まわり、立ちそうにないもん」

肩を小さくすぼめて芽衣が囁いた。

客入れの音楽は洋楽のクリスマスソング。

「踊っても止めないけど」

「やだ、悪目立ちするじゃん。あっ、理多は尚に見つけてもらえるかも」

「見つかっても意味ないよ」

「意味あるよねー、噂の枕営業の相手なんだし」

冗談めかして芽衣が言う。棘《とげ》がある言いかただった。

「そういうのぜんぜんないから」

「わかってるってば。理多はカタいもんね」

わかってるって言うけど、片頬《かたほお》がすこし意地悪にゆがんでいた。

嫉妬されてる。

つまらない。

そんなのと関係なく必死に歌ったのに。

(だけど、白いピック貰った)

ピックの話はしてない。

グラスハート歌ってるのを聴かれたとか。伴奏するって言ってくれたとか。

なにも教えない。

疚《やま》しいから。

自分のこと狡《ずる》いなと思った。

嫉妬されても、しかたない。

「噂、されるのは、自業自得だよね。ファンと信頼関係を築けてないのは、自分のせい」

屋城が言いそうなこと、あたしが言うと、芽衣が驚いて両眼をぱちぱち瞬《またた》かせた。

「理多じゃないみたい」

「なにそれ」

「えー。理多は偉そうにしてていいんだよ、偉いんだから」

「偉くないよ」

「尚にギター弾いてもらっといて、自分を安く下げるの、だめだよ。尚に失礼じゃん」

芽衣の声が大きくなった。まわりの業界人に聞こえそうでも、気にしてなかった。

そうか、と思った。

「ごめん。わかった」

「うん。わかればよろしい」

ふふっと芽衣が笑った。

それから、声音をひそめた。

「尚の追っかけの子たちに聞いたんだけど、最近、尚のお父さん亡くなったんだって。看病とか家業のヘルプのために、尚は仕事セーブしてたんだって。けっこうたいへんだったらしいよ。気の毒だよね」

「ふうん」

家族、いるんだ……と一瞬思った。いるに決まってる。あたりまえだった。

生身の人間じゃないみたいに見るのは間違い。

そんなのファン意識と変わらない。

(最近連絡とれないって志奈川さんが言ってた)

仕事。

また頼めるようになるのかな。

自分のことしか考えない頭、いやだな、と自分で厭《いや》気《け》がさした。

父親亡くしたことないからわからない。

人生経験の不足。

自己研鑽が必要。

「あっ」

芽衣が天井を見て言った。客電が落ちて、会場が暗くなった。ステージだけが仄《ほの》青く浮きあがった。BGMに流れてたジョン・レノンとオノ・ヨーコの「ハッピー・クリスマス」が途中で消えて。

斬りこんできた。ギターリフ。

芽衣が悲鳴をあげて立ちあがった。

テン・ブランクの出番、最初だなんて、予想とちがった。

ピック一枚、鋭利な刃物のかわりに弦をかきむしって歌わす。

一万五千人の観客相手に。

ストラトモデルのフレット、左手の、退却しない指でおさえて。

戦う。

「メリークリスマス！」

藤谷直季が言った。

マイクスタンド片手でつかんで。

嬉しそうだった。

「神様に感謝を！」

不幸なんかひとつもなさそうな顔で。

（まるで、隣にいるギタリストの傷なんかなにも知らないみたいに）

残酷な明るさ。

（ちがう。知らないわけない。あたしが傍観者なだけ。勝手にイメージをつくるだけ）

あたしが尚の隣にいないだけだ。

ステージを見おろすのが精一杯の他人。

「できたての新曲です、『ラプンツェル脱獄』といいます。聴いてください」

マイクにくちびるを寄せて藤谷直季が言うと、バスドラム蹴りつけた西条朱音が、容赦ないスネア武道館に響きわたらせて、そのアタックと寸分タイミングずれない坂本一至《さかもとかずし》の機関銃みたいなシンセ、やっぱり今日も喧《やかま》しくて惨《むご》くて。

ギター。孤立無援で。

真っ暗闇の客席にむかって、白いスポットライトに灼かれながら、等分にスライスした瀕死《ひんし》の十六分音符、到達させつづける、それって。

（楽しいの？）

拷問じゃないの？

——むしろ褒め言葉。

そう尚に言われたけど。いまだに意味わからないいままで。

ラブソング。

テン・ブランクにはめずらしいくらい直球の恋愛の歌詞。

（だれのものでも、きみを僕が好きなんだ）

だれのものでも。

……そのギターが、だれのものでも。

頭と胸が痛く熱くなった。

くやしい。

藤谷直季の歌詞で泣くなんてくやしい。

（いろんなことに感動しろ）

志奈川さんに言われたけど。

こんなの感動じゃない。

藤谷直季に負けて泣くだけなんて。


招待客待遇でバックステージパスを貰ったから楽屋に行けたけど、尚には会えなかった。出演アーティストの多いイベントだから、挨拶に来る招待客もそのぶん多くて、舞台裏はごみごみしていた。尚が見つからなくて芽衣はがっかりしていた。あたしは尚と会わずにすんで、ほっとした気持ちのほうが大きかった。泣いたあとの顔で、尚と会って、自分のなかみがばれるのがいやだった。

「帰ろうか」

芽衣に言うと、未練たっぷりに「えー！」と声をあげられた。

「尚と会うために来たのにー！」

「えっ？」

芽衣の声にひっかかったみたいに、すぐそばで立ち止まって、聞きかえしたのが。

藤谷直季。

さっきステージに立っていたまんまの恰好で。

黒いニットのうえにグレージュのロングコート着てる。

コートのポケットに両手をつっこんでる。

「きゃっ」

芽衣がびっくりして叫んだ。

あたしは叫ばなかったけど驚きはした。

「ああ高岡君、どこかにいると思うんだけど。マネージャーに探してもらおうか。もしかしたらホテルのほうに戻っちゃったかも。今日出演者多いから、楽屋の予備として部屋とってて」

「いいです、いいです。藤谷さんに会えたから、めちゃくちゃ感激です！」

芽衣は泣きそうになってる。

「そう？　ごめんね。——あっ。ミュジカ・ドリカの香椎理多さんだよね」

こっちを見て、いきなり言い当てられた。

なんで？

すごく動揺した。

「まちがった？」

「まちがってないです」

「よかった。僕『アグリー・スワン』好きだから、そのこと言っておきたくて」

「高岡さんにギターお願いしたからですか」

「うん。それもあるけど、いい歌だと思ったよ」

なんで？

「——高岡さんのギター、あたしのほうが」

あ。だめだ。

止めても言葉が滑り出る。

「あたしの歌のほうが合ってますよね」

ざわざわうるさい楽屋で、こんなみじめな言葉、かき消えればいい。

「藤谷さんは、藤谷さんの音楽のために、あのギターを、潰すことしかしてない」

「なに言ってんの理多！」

芽衣が血相を変えてあたしの腕をつかんだ。

なに言ってんの。ほんとに。

一回まばたきして、藤谷直季が真顔で小首をかしげた。

「可能性は否定できないよね。だけど、僕の歌のほうが合ってるんじゃないかなあ」

なに言ってんの。そっちも。

(怒ればいいのに)

なに、まじめに、答えたり。

可能性なんて。

「僕、言葉ではよくわからないんだよ」

藤谷直季が言った。

「音楽でしか、わからないんだよ。きみの優位性を音楽で証明できる？　つまり、きみが正しければ、僕よりもきみのほうが高岡君を幸せにできるってことだよね」

証明。

どうやって。

——幸せってなに？

「ごめんね、無茶なことを言って。でも僕も僕のギタリストからただで手を放すわけにいかないから」

冷静な言いかたして、藤谷直季がコートのポケットから、ボールペンと折りたたんだ五線紙を一枚、とりだした。左の掌を土台にして、五線紙に文字を書きこんだ。それをこちらに渡した。

有名なスタジオの名前が書いてある。

地下ドルのミュジドリなんかじゃ、とても使えない、一流のレコーディング・スタジオ。

「明日、そこのＡスタで会おうよ。お昼の一時でいい？」

どうしてこんなことになってるんだろうと思ったけど、ぜんぶ自分のせいだった。

＊＊＊

十二月二十五日、クリスマス当日。

夜は吉祥寺《きちじょうじ》でミュジドリのステージがある。歌うだけじゃなくて、メンバーみんなミニスカサンタのコスプレをして、ビンゴ大会やってファンのひとにプレゼント渡したりする。握手してツーショットチェキも撮る。志奈川さんの言う「癒し」のための時間。夢を見せる商売。

なのに、昼の一時、港区《みなと》の大きなビルの地下二階までエレベーターでおりて、Ａスタジオって書かれたパネルの前で立ち止まってる。

なんで逃げないの。

藤谷直季に、失礼なこと言って。

きっと、尚にも伝わってる。よく思われるわけない。尚にまた弾いてもらうチャンス、自分でだめにしたんじゃないか。馬鹿。

すごく馬鹿なことした。

（だから謝りに来たの？）

Ａスタジオまで来た理由。

自分でわからない。

謝る？　でも。

（でも、証明、しないと）

握り拳《こぶし》のなか、くすぶるみたいに、小さな気持ちが残ってる。

なにか、忘れたくないような、そんな気持ち。

「オハヨウゴザイマス」

甘くて綺麗《きれい》な、砂糖菓子の声がした。

あたしの横を追いこしながら、ぺこりと頭をさげて挨拶したのは、すごく可愛い女の子だった。顔、知ってる。

日野響《ひのひびき》。

ミュジドリなんかくらべものにならない、ほんものの人気アイドル。

藤谷直季にプロデュースされてる子。

見開いた大きな瞳で、あたしをじっと見た。

血統書つきの洋猫みたいだった。

「入りますか?」

Aスタの防音扉のハンドルをまわして、日野響が言った。

「えっ。あの……藤谷さんに言われて、来ました」

「聞いてます。たぶん藤谷さんもういますよ」

にこにこして防音扉をひらく。

たしか十五歳くらい。

あたしより年下なのに、堂々としてて如才ない。

「香椎理多さんですよね。『アグリー・スワン』とても好きです」

「ありがとうございます……」

「ヒビキはテン・ブランクのファンだから、メンバーの個別のお仕事もチェックするんですけど、高岡さんがサポートで弾いた曲のなかで『アグリー・スワン』いちばん好きです」

「なんでですか」

わからない。

そんなに売れてるわけでもない曲なのに。

お世辞?

べつにお世辞言う必要ない場面。

「理由ですか。うーん」

日野響が、困った顔をした。右手を握って、自分の胸の真ん中、とんと叩いた。

「ここで好きだって思うんです。それだけ」

「……………」

「わかりにくいですよね! スミマセン」

申し訳なさそうに日野響が謝った。謝ることじゃない。

「ありがとうございます」

もう一度、お礼を言った。日野響が、笑顔になった。防音扉を大きくあけて、どうぞと言った。

磨きあげられたフローリングの床が光る広いコントロール・ルームには、まだだれもいない。

藤谷直季がいなくて、ほっとしたのと、緊張する気持ちと、両方来た。

「あ。きっと、こっちです」

日野響が、急ぎ足でコントロール・ルームを横切った。

レコーディング・ブースの防音扉、ちゃんと閉まっていなくて、中途半端な隙間があいてる。

自然にひっぱられる感じで日野響のあとについていった。

扉のあいてるレコーディング・ブースには、グランドピアノがある。スタインウェイの。

そのピアノの真下に、ごろっと藤谷直季が横倒しになってた。

なにかのはずみで転んでそのまま、みたいな体勢で。

昨日とおなじロングコート。

「殺人現場じゃないですから！」

日野響が慌てた感じであたしに言った。

殺人現場とは思わなかったけど。

なにやってんのとは思った。

「藤谷さん、起きてください！　香椎さんいらっしゃいましたよ。一時の約束なんですよね」

ピアノのそばにしゃがんで、日野響が大きい声を出した。

「うん。日野さんのレコーディング一時からだよね……だから早めにスタジオあけてもらって」

返事して左腕を動かして、藤谷直季が片眼あけて腕時計を見た。

「ほんとだ、五分遅刻だ。ごめんね。ここで寝てれば遅刻はないと思ったんだけど」

「藤谷さん、ピアノに頭ぶつけちゃダメですよ！」

「うん」

注意されたのに、ぜんぜんまわりを確認しないで起きあがったから、ピアノの底に頭をぶつけて、あ痛っ、と藤谷直季が言った。

「またやった……高岡さんに言いつけますね」

「言わないで」

ピアノの陰から這《は》いだして、ぼそりと日野響に頼む。それから。

「あっ。香椎さんも高岡君に、いまの一件を言わないでください」

「えっ。……言うとどうなるんですか」

「怒られる」

悄然《しょうぜん》として藤谷直季が答えた。

「そうですか……」

「そう。それと、きみを叩きのめす方法をいくつか考えたんだけど」

急に本題だった。

（このひと狡い）

油断させて、本気で刺してくる。

大人げないとか、関係なくて。

狡い。

「きみだいぶ強いから手段選べなくてごめんね」

意味わからない。

立ちあがった藤谷直季が、踵《かかと》をひきずりがちの不規則な足音をたててコントロール・ルームのほうに歩いていった。

「香椎さんはこっちに来て、聴いてくれる？　せっかく、いいスピーカーあるから」

「なにをですか」

言われたとおり、コントロール・ルームに戻ったけど。

日野響が不安そうな顔して隣にいる。

「『アグリー・スワン』――の、カラオケ、ＣＤのカップリングに入ってたから、僕が歌ってみるね」

「なんで」

背筋がぞっと冷えた。

絶対だめだってわかってた。

絶対にだめ。

（あれは尚のギターとあたしの）

あたしだけの。

「言ったよね。僕は、音楽でしかわからないって」

ＣＤプレイヤーのスイッチ押して、藤谷直季が言った。

すごくあたりまえのことみたいに、平熱の、ふつうの言いかた。

切迫した、轟音のイントロ。スタジオ仕様の最高級のスピーカーから溢《あふ》れて。

コントロール・ルームがリズムの海になる。

喉がおかしくなって、ひどく渇いて、やめてくださいと言えない。

藤谷直季が、悠々と、レコーディング・ブースに入って、ボーカルマイクの前に立った。ヘッドホンを耳にあてて。

ふっとマイクにのせた一音め。

殺意。

（なにこのひと）

テン・ブランクの歌とちがう。

衝動。

ギターの切っ先と、鋭さ、あわせて。

逆手に握ったナイフ。

手加減なしに殺しにいく。

生身の声で。

尚のギターが、潰されかけて、抹殺されかけて、ボーカルの隙をついて覆して鳴って。

刺しちがえて、貫いて、絡まりあって、だけど壊れないで。
光る。
穢《けが》しても穢されない白い刃《やいば》。
（――汚されても潔白）
アグリー・スワン、そういう歌だから。
（こんなふうに歌うのが正解）
本能の部分から、わからされて。
わかりたくなくて。
あたしの歌なのに。
キーも変えずに。
旋律ぜんぶ喰《く》い尽くす怪物の、フルコーラス。

傷という名の王冠
翼が折れても革命の歌を
call me ugly swan

最後の歌詞を変えた。

あたしの歌じゃない。
藤谷直季のための歌になってた。
あたしは王冠も革命も知らない、のに。
晴れやかな凱歌《がいか》みたいにスタジオに反響するギターリフの終わり。
王冠と革命に、あつらえたように似合ってる。
（叛逆者《はんぎゃくしゃ》のギター、どうやって迎えればいいかわかる？）
ほら。
神様のお手本。
目の前にあって。
バンドが最後のアタックを鳴らして、演奏が止まる。
藤谷直季が、ヘッドホン外して、ボーカルマイクの前を離れた。
非道《ひど》い歌を歌った直後なのに、平気な顔で、コントロール・ルームに帰ってきた。
「どう思った？」

あたしに訊いた。

答えられない。

くちびるの両端をすこしあげて、笑顔に近い表情で、藤谷直季が言った。

「俺のほうが天才だよね」

そんなの知ってる。

「きみがそれでも高岡君を幸せにするなら、僕は期待をするけど」

期待？

（こんなに全力で叩きのめして、期待って）

悪い冗談。

「高岡さんの幸せって」

「うん」

「テン・ブランクじゃないんですか」

「そうだね。テン・ブランクだよ」

藤谷直季が、今度はほんとうに笑って言った。

そう言われたら、なぜだかすごく安心した。


昨日は真逆のことを言って、このひとに喧嘩を売ったのに。

完全に負けたんだとわかった。

天狗《てんぐ》の鼻が折れた。涙も出なかった。

（実力で勝ちたい。勝ててない）

狭い狭い世界で天狗になってた。ミュジドリで口パクじゃないのは自分だけ。そんなちっぽけなことを誇ってた。屋城やメンバーに勝つことが、世界に勝つことだと思ってた。でも。

（――あなたはだれに勝ちたいの）

尚に言われた。

それは尚があたしよりもずっと大きな敵と戦ってるから。

狭い世界の外に出ないと会えない怪物。

遠い海の涯《はて》にいる。

（負けたくない。勝ちたい）

自分が天才じゃなくても。

勝ちたいと思いつづけること。

そういうのが、尚の戦いなら。

あのギターにふさわしい香椎理多になりたい。

「藤谷さん。歌ってくださって、ありがとうございました。失礼なことを言って、すみませんでした。すごく勘違いしてました」

一生懸命、謝った。

「うん」

ちょっとはにかんだ顔で藤谷直季が——藤谷さんが、うなずいた。

「僕は嘘じゃなく、きみの歌も好きだよ。高岡君を譲ることができないだけで」

「ギターは諦めないです」

あたしが言ったら、藤谷さんがふふっと笑った。

「そうなんだ。僕、野望があるひとには弱いんだけど……奪《と》られないようにがんばるね。お互い、がんばろうよ」

「はい」

「爽やかな話になっちゃったね。殴りあったあとに友達になる青春ドラマみたい」

藤谷さんが言った。

日野響が、とてもまじめにあたしと藤谷さんを見てた。急にあたしの左手を握って、言った。

「ヒビキは香椎さんを応援しますね！」

「えっ。そうなの？　それTBに対する裏切りだよね」

「テン・ブランクは大好きですけど、藤谷さんは敵だから、ひとりで苦しんでほしいです」

「せっかく爽やかになったのに」

「ヒビキこれからレコーディングなんですけど！　なんで藤谷さんの力一杯の凶悪すぎる歌なんか聴いたあとに、自分の歌、可愛く歌わなきゃならないんですか？　藤谷さんにヒビキの歌すごく貶《けな》されたこととか思いだして、われに返っちゃうんですけど」

「ああそうだね。ごめんなさい。すべて忘れて可愛く歌ってください」

「てきとうに謝ってもダメです！　どうせ藤谷さんは、高岡さんとヒビキが同時に崖から落ちかけてたら、高岡さんしか助けないひとなんです」

「それはそうだね」

「ね!?　正直すぎますよね！」

睫毛《まつげ》の長い、大きな瞳で同意を求められた。どういう返事をしたらいいのか迷った。

「レコーディングの邪魔して、すみません」

「大丈夫です。ヒビキもプロですから、がんばります」

きらきら光を反射する両眼で、日野響が言った。

このひとたちのいる場所に行きたい。

答えは決まってた。

「あたしミュジドリ辞めてソロになります」

ふたりの前で言った。

誓う気持ちで。

「もっと広い海で歌って、いまより強い敵になります。待っててください」

「うん」

驚かないで、最初からわかってた顔で、藤谷さんが答えた。

「待ってるよ」


エレベーターで地上までのぼって、スタジオが入ってる建物の外に出た。ミュジドリのステージに戻らないと。クリスマスを祝わないと。それから。

ソロになりますって志奈川さんに言う。

すごく怖いけど。

運営のオトナのひとたちやファンのひとたちが、どんなことを言うかわからない。

それでも決めたから、歩きだす。

「理多さん」

名前、呼ばれた。

理多、さん？

（そんな呼びかたしてなかった）

最初、余計なところにひっかかって、現実を呑《の》みこむのに時間がかかった。

高岡尚、革のライダーズジャケット着て、五歩先のアスファルトに立ってた。フルフェイスのヘルメット片手に。

路肩に停《と》めたバイク。

「どうしているんですか」

「藤谷が電話よこすのが遅くて、来るのがいまさらになりました。ごめんなさい」

あたしの質問に、微妙にずれた返事を尚がする。

どうしよう。

藤谷さん相手に暴言吐いたの知られて、怒らせたかも。

謝らないと。

「あの。すみません……あたしが馬鹿なせいで、藤谷さんに、お時間、とらせてしまって」

「あなたは悪くないよ」

「悪いです。頭とか、態度とか、ぜんぶ悪い」

「俺の不甲斐《ふがい》なさのせいで、あなたに厭な思いをさせてしまって、ごめんなさい」

不甲斐ないとか。

そんな話じゃない。

「謝ることないです」

「俺が、たいへん利己的に、あなたのためにギターを弾きたいと欲していて」

尚が言った。

「それを隠しそこねたことが、すべての原因だと思うので」

なにを言っているんだろう。このひと。

（あたしのために弾きたいって）

ＴＢとの結婚指輪みたいなピック、思いだす。

「バンドがいちばんで」

わかりきってること、訊いてた。

「あたしは何番め？」

「痛々しくて、身につまされて困るのは、あなたの歌のほう」

「狡いな。オトナの返事」

心のなかがめちゃくちゃになって、勝手に涙が出てきた。

ギター弾きたいって言ってもらえて幸せで。まさかって何度も思うくらい幸せで。

でもこのひとのなかでテン・ブランクがいちばんなのは変わらないから、やっぱり悲しくて。

「理多さん」

「理多さんやめて。理多がいい」

泣きながら頼んだら、ギタリストの大事な右手で頭を撫《な》でてくれた。

「理多。泣かせてごめんなさい」

「二番めじゃなくて、高岡さんにふさわしいボーカリストになるって決めたの。いまは藤谷さんにかなわないけど、戦うって決めた」

「そう」

「全然新しいあたしになるんだ。置いていかれないでね」

「善処します」

「ありがとう」

何度もまばたきして涙を地面に落とした。ふっと上を向かされて、あたりまえにキスした。突然すぎるけど、当然の。

くちびる重なるだけの小さなキス。

（なんで）

さっきから疑問ばっかりなのに。

こうなること知ってるとも思った。

身体のなか、寒くて空洞だったのが、瞬間、熱でいっぱいになった感じがした。

嬉しいんだ。

あたし簡単だな。

このひと男なんだ。

生きてる人間だった。

「あたし行かなくちゃ」

「うん。行ってらっしゃい」

「さよなら」

「またね」

またっていつ。

すごく遠い約束だった。

（あたしがテン・ブランクに勝ったらそのとき）

心臓が痛くなって、言えなかった。

「うん。またね」

いつまでも尚の近くにいたくて、地球の引力をふりきるみたいに勇気を出さないと歩きだせなかった。それでも、ぎゅっとつよく拳を握って、向かい風でも、歩きだした。後ろは見ないまま。

アグリー・スワン
第二章

I

二十歳になって。

裏切り者。

そう呼ばれることが増えた。

香椎理多がソロになったせいでミュジカ・ドリカが落ち目になった。

そういう言われかたが、普通だった。

ミュジドリの人気が落ちたのは、あたしが脱《ぬ》けたせいもあったかもしれないけど、いちばん打撃だったのはメンバーの枕営業ネタが週刊誌に載ったこと。レコード会社のディレクターとの不倫。リーダーの菜々花だった。菜々花はしばらく謹慎になってリーダーからおろされた。

それでも香椎理多の枕営業がぜんぶの元凶だと言うひとがいまだにいる。勘違いされてる。

「それは理多がいちばん目立つからだろー？　スターの勲章ってやつじゃん、気にすんなって」

彼氏の宇洞隼人《うどうはやと》（若手俳優）が、のんびりとそんなことを言った。そう、彼氏。

ひとづてに紹介されて、つきあうことにした。

訓練されてる完璧な笑顔は、あたしには足りないものだから、こんな相手とつきあったら自分もましに変われるんじゃないか、なんて打算もあった。

でも人目を避けてホテルの部屋で会って、手早く肩を抱かれてキスされたとき、だめだとわかった。

この雑なキス、好きじゃない。

（いちばん幸せなキスと比べるからだめなんだ）

贅沢《ぜいたく》。

わかってるけど。

「ごめん。やっぱりつきあうのやめる」

「ごめんじゃないでしょ」

整った笑顔から糖分を一気にぬいて、ひとを蔑む顔になって隼人が言った。

「俺とつきあえることの意味わかってる？　おまえの代わりは山ほどいるんだからな」

「たくさんいるんだったら、あたしじゃなくていいでしょ」

「プライドあるんだよ、こっちも」

「だから謝ってる」

「はあ？　謝った？　ぜんぜん伝わってこねえし」

「ごめんなさい」

気持ちこめたつもりだったけど、相手には届かなくて、隼人がひとつ大きなためいきをついた。

「そんな生意気な態度だから、悪い噂が消えねえんだよ。自分のせいじゃん」

また、自業自得って意味のことを言われた。

人生にその四文字、染みついてる。


「うそー。また彼氏切っちゃったのー」

芽衣に呆《あき》れられた。

よく晴れた日の午後、コーヒーショップのテラス席で。

「あのね、恋愛ってほんとは最高に幸せなものなんだよ！　もったいないー」

「それは芽衣だからだよ」

「理多にも幸せになってほしいんだよー」

幸せってなに、と思った。

芽衣はいまの彼氏ができてから恋愛至上主義者になって、前ほどバンドの追っかけに熱心じゃなくなった。ちょうど冬から春まではテン・ブランクの目立った活動がなくて、気持ちが落ち着いたころに恋愛にハマったらしかった。

テン・ブランクは春に動きだして、三月にシングルであの『ラプンツェル脱獄』、四月にハーフアルバムの『CASTLE』が出た。芽衣に借りたりしないで、自分で買ってくりかえし聴いた。藤谷さんの歌がもっと生身で、新しくなった感じがして、バンド全体が緊密《タイト》につながってて、そのことが嬉しかった。

五月――今月からは全国ツアーが始まってた。

「芽衣はテン・ブランクのツアー行かないの」

「理多は？」

「東京《とうきょう》は行く」

「関係者席？」

「一応」

招待客リストに入れてあるので受付で名前を言ってください、というメール、藤谷さんがくれた。

スタジオのピアノの下で寝てるのに、そういうところ不思議にマメなひとだった。

音楽業界に長くいるから、いろんなひとにおなじメール出すんだろうけど。

疲れて投げださないの立派だなと思った。

ちゃんとした人間をやってる。

あんな曲をつくるのに。

「芽衣もいっしょに行く？」

「うーん」

芽衣は歯切れ悪く、頬杖をつく。

「……いまのTB、怖いから、いいや」

「怖い？」

「怖いよ」

「どんな？」

「前から殺気立ってるけど、最近はもっとバンドの仲が悪そう」

「そうかな」

芽衣の言うこと、わからなかった。逆だと思ってた。

藤谷さんの自慢のバンド。

「ツアーの評判いいよね」

「全体的な評判はいいんだけど……」

アイスコーヒーのストロー銜えて、芽衣が言いにくそうな顔をした。声を落として言った。

「ツアーの初日観《み》た子が、『ギターが足をひっぱってる』って言ってた。ちょっと、そんなのはキツイな。尚のかっこわるいとこ見たくない」

ギター。

胸の真ん中に鉛の塊が落ちた感じがした。

(ひとりだけ才能ないってあたしが言ったんだ)

それでも戦ってる。

かっこわるいなんて他人にきめつけられるのいやだ。

「怒った？　ごめん」

敏感に芽衣が言った。

「べつに芽衣がギター貶したわけじゃないし」

「怒ってるじゃん。理多は尚のこと特別だよね」

「恩があるから」

「そんな言いかた、どうかなあ」

ごまかそうとしたのを芽衣に見抜かれた。

そのときテーブルのうえに出してた携帯が、マナーモードで震えた。メールが来た。仕事の連絡かもしれないから、すぐに見た。知らないメールアドレスからだった。

——理多、昨日とおなじカーキ色の帽子だね。

そう書いてあった。

えっ。どういうこと。

昨日はスタジオにいて。人前には出てない。

カーキの帽子。たしかに昨日とおなじのをかぶってる。

もう一回、携帯が震えた。ふたつめのメールが来た。

——新作のフラペチーノ美味《おい》しい？

「だれかが見てる」

きもちわるくて思わず声に出した。なに？　と芽衣が液晶をのぞきこんだ。

「やだ。ストーカー？」

「そうかも」

「事務所に言ったほうがいいよ」

うん、と答えるより先に、みっつめのメールが来た。

――裏切り者。ミュジドリに戻れ。

ああこれが言いたかったのか、とわかった。

これを言うために、見てるんだ。

（このひと、そんなに大事だったんだ、昔のミュジドリ）

ごめんね。

でも戻らないよ。

「理多、大丈夫？」

「大丈夫」

携帯見るのやめて答えた。

＊＊＊

スタジオで。

澄んだ夜の滑走路に光る誘導灯みたいな音符を追いかけて、歌う。

志奈川さんが作ってくれた曲。

ミュジドリ脱退してソロになっても、プロデュースしてくれてる。ありがたい。

ファーストアルバムを出してもらえることになってた。

「りーた、出てこい」

トークバックで志奈川さんに呼ばれた。ヘッドホン外して、ボーカル用のブースを出た。コントロール・ルームの真ん中の椅子ぐるっと半分回転させて、志奈川さんが背中そらした。

「今日ダメだな。歌えてない」

ざっくり言われた。

「気が散ってるだろ」

「大丈夫です。ちゃんと歌えます」

「おまえすぐ大丈夫大丈夫って言うけど、言うだけなら簡単なんだよ」

こういうとき、志奈川さんは優しくしてくれたりしない。

志奈川さんの音楽を壊すものには怒る。おじさんとか小娘とか関係ない。

「もう帰れ」

「帰りません」

こっちも負ける気はなくて。意地を張った。あたしの歌を、とりあげられるのは、いやだ。

(なんでうまく歌えないんだ。歌しかないのに)

天才じゃなくても。

歌しか手に持ってない。

「理多っち、十五分休憩な。ロビーでジュース飲もう」

バンマスの三堂さんが仲裁に入ってくれた。

背中を押されてロビーに連れていかれた。

自販機のボタン指さして、どれ、って訊かれて、どれでもよかったけどオレンジって答えた。水滴のついた缶をさしだされた。ありがとうございますとお礼を言った。

「普通絶対やんねえからな。バンドといっしょに一発録りなんか。理多っちは、めちゃくちゃ志奈川に信用されてるのよ」

「はい」

「吉上《よしがみ》のギター、合わねえかな?」

ギター。その言葉聞いたら、両手で握っている缶ジュースの冷たさが急に指の芯まで伝わってきた気がした。

「合わなくないです」

「あいつの音、ちょっとだけ高岡と似てるだろ。若いとこが。だから呼んでみたんだけど、逆に歌いにくかったかな」

「そんなことないです、いい音だと思います」

「そっか」

顔の右半分で三堂さんが笑った。

「理多っち、嘘つくのヘタな」

「嘘とかじゃないです。がんばりたいんです」

「うん。オジサン、理多っちのそういうとこ好きだけどな？　器用じゃねえところ。けど、プライドってのは、イヤなもん我慢するためじゃなくて、いちばんいい音を創《つく》るために使わなきゃな。高岡を使いたいなら、交渉するよ」

「でも」

三堂さんの言うこと正論だけど。

藤谷さんに負けたままで尚を頼れない。

もっと努力して、ふさわしいボーカリストになるって決めたから。

まだぜんぜん途中だから。

「テン・ブランクはツアー中だし、邪魔したくないです」

「それな、そのあと暇になりそうなんだよ。テン・ブランクまた活動休止するらしくて」

「えっ。なんで」

休止期間、終わったばかりなのに。

「バンド内で揉《も》めたっぽい」

特ダネみたいに声をひそめて三堂さんが言った。

嘘だ。

そんなのありえない。

そう思った。

＊＊＊

七月、テン・ブランクのツアーファイナル、追加公演。

会場は、また、日本武道館で。

当然ソールドアウト。

地下鉄の駅を出て、坂道をのぼって、ＴＢのロゴ入りツアーTシャツを着たファンたちの波の隙間をかいくぐって、武道館の入口にたどりついた。

ファンのみんな楽しそうに、嬉しそうに、道を埋めつくして集まっているのに。

（どうしよう）

噂、本当だったら。

「あっ」

招待客受付の手前で、あたしを見て声をあげた女の子がいた。睫毛の長い、大きい瞳の。

日野響。

この子もツアーTシャツ着てる。

ただの藤谷さんの仕事相手じゃなくて、テン・ブランクが好きなんだ。

キラキラの可愛い衣装で歌う子だけど、今日はTシャツとデニムで男の子っぽい恰好だった。

「香椎さん、コンニチハ！」

人懐こい挨拶といっしょに、ぱっと自然に片手を握られた。

「おひとりですか？　隣で観ませんか？」

「はい」

「よかった！　香椎さんと、もっとお話ししたかったんです」

明るい。

心配なんかないみたいで。

でもきつく握られた手が痛かった。

おなじこと考えてる気がした。

「あの……」

「はい？」

「藤谷さんからなにか聞いてるんですか」

「なんにも。ヒビキと藤谷さんって、仲良くないんです」

両眼を伏せて、響が小声で答えた。

「けど櫻井有貴乃《さくらいゆきの》がなにをやったのかは、知ってます」

櫻井有貴乃？

藤谷さんがプロデュースしてる、もうひとりのボーカリストの名前。

天才って軽々しく言いたくないけど、やっぱり天才の一種で。

なにをやったんだろう。

「香椎さん、メアド交換しませんか。お友達になりたいです」

またにっこり笑って響が言った。

「櫻井有貴乃の話、メールに書きますね」


関係者席なんか座りたくない。業界の偉いおじさんたちが眠そうに椅子に沈みこんでいる二階席。もっとステージの間近で、戦争みたいにぶつかるバンドの音に殴られたい。

普通にチケットとればよかった。いまさら後悔した。

「ヒビキ、見学ですって言って何回かＴＢのバックステージに入れてもらったんですけどー」

響の話す声が遠くに聞こえる。

高い熱があるときみたいに、感覚がうわついて、ぼんやりしている。


バックステージに入れる響は、特別扱いされていて、羨《うらや》ましかった。

「今日は『見学禁止』ってきっぱり藤谷さんに言われちゃって、ダメでした」

なんでダメなのかな。

説明してくれないと不安になる。

テン・ブランク、ぜんぜん近くになくて。他人だった。近づいたつもりでいたのに勘違いだった。

なにも知らない。

尚のことも。藤谷さんのことも。

（ギター弾いてもらったのも、アグリー・スワン歌ってもらったのも、幻だったのかな）

ぜんぶ、遠くて。

自分のこと、ちっぽけだと思った。

（なんの力にもなれない）

今夜のギターがどれほど孤独だとしても。二階から見おろしているしかなくて。

そばにはいられない。

（そばにいられるって思うなんて自意識過剰だ）

客入れのＢＧＭが消えて、客席が暗くなった。とたん、空間をねじ曲げるシンセサイザーのサイレンが、音場《おんじょう》いっぱいに叫びをあげた。キーボードラックに囲まれた坂本一至の影にスポットライトがぶつかって、わあっと客席が沸いた。

横暴にアルペジオを弾きとばす。

楽器と頭脳が直結してる感じの、偏屈で、すごく癖のつよい鍵盤。

中毒性がある。

まだシンセの人工音しか鳴っていないのに、客席は総立ちで、空腹でたまらないひとたちみたいに歓声をあげていて。

怖くなる。

そんな怖い気持ち、はねとばす力で西条朱音がバスドラを蹴って、一撃めのスネア、武道館の天井まで響かせた。

このドラム、絶対に普通じゃないんだ。

藤谷さんが大事にするのわかる。

速すぎる、まっすぐな音。

（両側）

ステージの左右から同時に、相討ちするベースとギターのアタックが来て両耳ふさぎたくなった。

聴きたいのに負けそうで。

でももう嵐が始まっていて逃げ場なんてない。

優しくない暴風と稲妻。

魔王のベースライン。

どうやって創りだすのか想像もつかない音符の連打。

斬りさいて嚙《か》みついていくギターの六弦。

一音めから形勢は決まってて。

（勝てるわけない）

藤谷さんの歌。

スタンドのボーカルマイクに呼吸吹きこんだ瞬間、

世界は藤谷さんの掌のなかにある。

だれも勝てない。

――孤独なのは、尚じゃなくて藤谷さんのほう。

そう思った。

だれも行けない最高峰の頂上に、ひとりきりだから。

ギターは破壊のための武器じゃなくて。

手をさしのべてる。

届かなくても。砕かれても。

ああ、なんだ。

誤解してた。

尚のギターが藤谷さんと戦う理由は、敵だからじゃなくて。

愛情があるから。

(そういうひとなんだ)

そんなの、九十九パーセント徒労かもしれないのに。

諦めないいんだ。

勝ち目がなくても。

(だからあたしは尚のギターが、尚が――好きなんだ)

わかるの遅い。

自分の頭の悪さが、くやしかった。

自分のことで手一杯で、ひとのことをちゃんと見てない。

ステージは、とぎれない猛烈な急流みたいに、高らかに音楽を奏でつづけるから、客席のファンは一秒も疲れないで踊るけど。

だけどMCがない。

曲間の休憩がない。

テン・ブランクらしくなかった。

藤谷さんは客席やバンドにむかって饒舌《じょうぜつ》に喋るひとのはずだった。

――今日は見学禁止。今日だけ特別？　どうして？

「どうもありがとう！　またね」

藤谷さんがマイクにむかってそう言ったのは、本編の十七曲を終えて、ストラップ外してベースをおろしたあとだった。それだけ言って、ステージの袖に歩いていった。すぐに客席からアンコールの声があがって、拍手が始まる。

「MCがなかったですよね」

隣で響がつぶやいた。

「なんでかな……」

すごく心細そうに、膝のうえで両手を握り拳にしてる。

なにか答えられたらよかったけど、なにも役立つ言葉がなくて、ただ不恰好にうなずいた。

アンコールの声と拍手がどんどん大きくなった。

しばらく経《た》って、ステージがぱっと明るくなったら、大量の歓声があがった。

バンドが元の場所に戻ってくる。尚がステージの上《かみ》手《て》、藤谷さんが下手《しもて》。定位置。

「お待たせしました、ごめんなさい！　アンコールありがとう」

藤谷さんが言った。いつもと変わらない口調だった。

「今日は僕が我儘《わがまま》を言ってMCなしのライブにさせてもらったんだけど、このバンドでいちばん体力がないのが僕なので、すごく疲れちゃって、坂本君の肩を借りて戻ってきました。慣れないことはしないほうがいいみたいです。——でもね、テン・ブランクの音楽って最高だなと思いました。雑音ぬきで、純粋にテン・ブランクを聴いてほしかったので、満足です。それで、これから三曲演《や》るんですけど、この三曲が鳴ったあとのテン・ブランクの予定って、無期限で白紙なんだよね。だからなるべくよく聴いて、僕らを憶《おぼ》えててください。お願いします」

えっ、と響が言うのが聞こえた。

うそ、やだよ、と客席のだれかが叫んだ。

「なんでだよ！」

前列の男の子が大声で言った。

藤谷さんがちょっとだけ微笑して、ちらっと尚を見て訊いた。

「高岡君、なんで？」

「最強のバンドになるため」

淡々とコーラスマイクで尚が言った。

意味、よくわからない。

けど、尚が、なにかをごまかしたりなんかしてないのはわかった。

本気で答えてた。

「もう最強だろ！」

駄々《だだ》を言うみたいに男の子が声をあげた。

「うん。ありがとう」

藤谷さんが答える。

「そう思っててもらえるように歌うよ。僕らの船は旅に出るけど、必ずまた会えるから」

——船。

満員の客席が、まるで静まりかえった夜の海だった。温度が下がって、すごく冷たくなって。みんな立ち尽くしていて。

それでもかまわずに西条朱音がカウント打った。強靭《きょうじん》に。

イントロ鳴ったその瞬間、いちばん大好きな音の塊に、力任せに殴られて、涙が出た。……グラスハート、だ。

立ち尽くしてた客席が、どっと揺らいだ。

口々に、叫んだ。

メンバーの名前を。

二階席の、関係者席の近くでも、タカオカ、タカオカ、タカオカ！　って呼ぶ声があがってた。いつかの、あのひとなのかな。べつの子かな。区別つかないくらい、きっとおなじ気持ちだった。

「こんなのやだ」

響が両手で顔を覆って言った。

「こんなの、ひどい。櫻井しか喜ばない」

櫻井有貴乃？

どうして、って響に訊きたかった。

でも、そんな余裕がなかった。

ギター、うけとめるので精一杯だった。

（まだ戦ってる）

一ミリも後退しないでそこにいる。

見届けなきゃだめだ。

リフ刻むピックが尚自身を惨く削って傷だらけにしても。

証人になるんだ。

（憶えてて）

忘れられるわけない。

いなくならないで。

Ⅱ

ライブのあと、関係者席に、前に会ったあのチーフ・マネージャーの上山さんが来て、「楽屋で藤谷からご挨拶をさせてください」と招待客ひとりひとりに丁寧に声をかけてた。

「香椎さん、楽屋、行きますか？」

響が言った。

「ていうか、いっしょに行ってくれませんか。藤谷さんのこと、ゆるせなくて殴っちゃうかも」

「殴るのはだめだよ」

「……そうですね。そうですよね」

「なんでゆるせないの」

「バンドだけは守りとおしてほしかった」

長い睫毛の端に涙の粒をうかべて響が答えた。

「どんな勝手なことしてもいいからTBは守らないとダメなんです。TBは藤谷さんのお城だから、TBがなかったら藤谷さんひとりぼっちになっちゃうから。藤谷さんは天才だけど、天才なだけじゃ幸せになれない」

「なくならないよ、テン・ブランクは。なくそうとなんかしてない」

響を慰めるためじゃなくて、自分の胸のなかにあるものを、言葉にした。

そういうギターだったから。

抗《あらが》って、最後まで、刃向かっていたから。

（幸せになれない）

――幸せってなに？

「櫻井有貴乃がＴＢのレコーディング音源を盗んだんです。ミックス前のデータを盗んで、ボーカルトラックだけを自分の歌に差し替えて、ネットに公開したんです。最初の音源はすぐ削除されたけど、櫻井とＴＢの未発表コラボ音源ってことでめずらしがられて拡散されて、いまも幽霊みたいにネットのどこかにアップされつづけてる」

響が声をひそめてそんなことを話した。

「藤谷さんはその音源を聴いて、『ボーカリストとしては自分より櫻井有貴乃のほうが上だ』って言ったんです。……朱音ちゃんが『それは藤谷さんがＴＢより櫻井有貴乃を選んだことになる』って叱ったって話、藤谷さん本人から聞きました」

「……え。ゆるせない」

響のこと止めたばかりなのに、藤谷さんを殴りにいきたくなった。

俺のほうが天才だよねって言ってあんなに非道いアグリー・スワン歌ったひとが。

負けるなんて。

「藤谷さん反省してましたけど」

あたしが怒ったのが伝わって、早口で響が言い足した。

「――反省、してましたけど。謝られましたけど。謝るのは、櫻井が藤谷さんのプロデュース案件ぜんぶターゲットにしてくるかもしれないから、ヒビキの仕事も気をつけなきゃならないって意味で、ですけど。でもＴＢがそれからどうするのかは、教えてもらえなかったんです」

「そうなんだ」

「ＴＢのひとたちはみんなバンド大好きだから……ちゃんとした考えがあるんですよね、きっと」

自分自身を納得させようとする言いかたで、響がつぶやいた。

最強のバンドって、なんだろう。

（いまは最強じゃないって意味）

関係者席にはもうあたしたちふたりしか残っていなくて、そのとき、響がいるのとは反対側の隣の空席に、だれかがすとんと腰をおろした。響が目をまるくした。かすかに煙草の匂いがした。首を曲げてそちらを見たら、さっきまでステージにいたギタリストが、あたりまえみたいに座ってた。

「なんで？」

そう訊いたら、やっぱり当然みたいに、

「ステージから見えたから」

と言われた。

ファンに見つからないで二階席まで来るの、簡単じゃないはず。

堂々と歩いてきたのかな。

「楽屋には来ないの？」

「……不戦勝じゃ、藤谷さんに勝ったことにならない」

「そうだね」

「こんなふうになってほしいんじゃない」

あたしが言うと、尚は口元だけですこし笑った。ステージで藤谷さんが見せた微笑《ほほえ》みと似ていた。

「そうね」

一階席の真ん中の女の子、ずっと泣いてて立ちあがれないのが、ここから見える。

テン・ブランクが大好きだから泣いてる。

ああ、でも。

(裏切り者。ミュジドリに戻れ)

たぶんそれは、おなじ気持ちの、表と裏で。

ミュジドリ辞めたあたしも、強くなるために、そうした。

おんなじだ。

「これからどうするの」

「ギター弾いて生きるよ。必死に」

撤収されてる最中のステージを見おろして、尚が答えた。

必死なんだ。

(隠さない)

むきだしの言葉。

このひとの近くにいるっていう気持ちがした。

心地のいい場所。

ずっと永遠にいられるわけじゃない。

あたしはあたしの歌を歌うから。

「高岡さんのギターで歌いたい。でも、いまじゃない」

「うん」

尚がうなずいた。

長居しないで、もう立ちあがる。

立ちあがられたら、やっぱりさみしくなった。

未練がましい。

「またね」

あたしの頭を一回、掌でかるく撫でて、尚が言った。

「はい。また」

泣くのいやだったから下を見た。

「日野さんも、今日はありがとう」

「あっ。ハイ!」

意表をつかれた感じで、響が返事をした。

「楽屋、行きます」

「そう。じゃあ、あとで」

響に言って、そのまま歩きだしていった。

「びっくりした」

響がひとりごとを言った。それから、あたしのほうを、神妙な顔でのぞきこんだ。

「香椎さんってすごいですね」

「え？　なんで」

「高岡さんがわざわざ会いにくるとかないですよ。優しいけど厳しいひとだから……。そういう回路、ないひとだと思ってた」

回路。

おもしろい言いかただなと思った。

すごいかどうかは知らない。

「あたしはあのひとが好きだから、あたしを見つけてくれて、来てくれて嬉しかった」

声に出したら、ふっと自分でも、腑《ふ》に落ちた。

嬉しかったんだ。

響が大きく瞳をひらいて聞いてた。

「いいですね！」

他人の話なのに、自分のことみたいに嬉しそうに笑って響が言った。

「とても素敵です！　応援しますね」

＊＊＊

その夜のうちに響からメールが来た。テン・ブランクの曲を櫻井有貴乃が歌った音源、ファイルで送ってきてくれた。すぐにヘッドホンかぶって、再生した。

曲の名前は「Quarters」——四分の一の複数形。

四人のための歌なのに、割りこんだの。

(わざと踏みにじって壊した？)

イントロは今日武道館で聴いたのとおなじ。

ゆがんだアナログシンセと急《せ》いたスネア。

左右から衝突するギターリフとベースライン。

だれも邪魔できないように四つの音がつながっているのに。

(囁き)

マイクに吹きこんだ、かすれた声ひとつで、櫻井有貴乃が曲の色を変えた。

漆黒に。

あかりのない闇夜に。

とたん、息継ぎなんか知らない化け物みたいに、するするのびて触手をひろげる歌声。

腐蝕《ふしょく》する。

有貴乃の声が触れた音、溶けて変質する。

怖い。

ほんものの才能、だけど。

悪意でできてる。

——だから、ギターが。

(ギターが迷子になってる)

藤谷さん、気がつかなかったの？

アグリー・スワンのときは、尚のギターを受けとめる歌いかたを見せつけて、あたしを叩きのめしたのに。

藤谷さんの歌を抹消されて、ギター、抵抗する的を失って、音の行き場がなくなって。迷子だった。


(こんなの藤谷さんが負けを認める理由ない)

くやしい。

(天才なだけじゃ幸せになれない)

響の科白《せりふ》、思いだした。

——幸せってなに？

知らないよ。わからないけど。

(有貴乃は幸せじゃない)

それだけは確かだった。

＊＊＊

真夏をすぎて、九月。

まだ、気温は三十度をこえてた。帯電してるみたいに、空気が熱を持ってた。

まだ、テン・ブランク活動休止のニュースも古びてなかった。いろんな噂が無責任に流れてた。よくある「音楽性の違い」から「恋愛絡みのトラブル」まで、まことしやかに語られてた。

あたしは、今夜もひとりでステージに立つ。

……ほんとうはひとりじゃない。三堂さんたちのバンドがバックについてくれてる。カラオケじゃなく生のバンドをつけてもらえるのは贅沢。

でも甘えてよりかかったらだめだ。

ひとりで戦え。

笑えなくても。

女性ボーカリスト三人の対バンだった。キャリアのある先輩たちをさしおいて、香椎理多がトリだった。恵まれてる。

「なんだ。高岡君いないの？」

出番前に挨拶したら、神取暁《かんどりあき》って美人のボーカリスト、そう言ってがっかりした顔した。

「わはは、アッキーまだ高岡好きなのかよ！」

三堂さんがおもしろがって大声出した。知り合い同士の、内輪の話だった。

「やーだ、もうそんなんじゃないですよー。オジサンってすぐ恋愛脳になるんだからナー」

こなれた態度でかわして、神取暁、綺麗に塗ったくちびるで笑う。

「高岡君て怖いよね」

あたしにむかって言った。

「相手かまわず正論で来るから、最初会ったとき、ものすごく嫌いになったもん。でもまじめで優しいよね」

「はい」

うなずいたけど、居心地わるかった。

尚のいない場所で尚の話をされるのが、いやだった。

たぶん嫉妬してるだけで。

子供っぽい。

今日はよろしくお願いします、って頭さげて、話終わらせようとした。

「理多ちゃん、『アグリー・スワン』、いいね。かっこいい。ギターと合ってる」

褒めてもらった。

「ありがとうございます」

「ちょっと憎いな」

微笑んで、神取暁が言った。

胸に棘が刺さった感じがした。

（尚を好きでいると、こういうことがある）

しかたない。

棘が刺さったままでも、歌え。

キャパ五百人のライブハウス、ほとんど満員だった。ステージにあがると、斜めに降ってくるスポットが熱かった。

「理多！　理多！」

最前列にはいつも見える顔が並んで待っていて、名前を呼んでくれる。

ぜんぶゆるしてくれてるみたいに。

だけど、だれかは「裏切り者。ミュジドリに戻れ」って思ってるかもしれない。


わからないな。

ひとの気持ちのなかみなんかわかんないよ。

（藤谷さんの真似《まね》をして歌ったりしない）

あれが正解でも。

あたしはあたしの歌をつくる。

暗闇の先を指さして、歌う。

ミュジドリのメンバーがいなくても。背中から殴ってくる尚のギターがなくても。

（ちがう。尚がいなくても、あたしには尚のギターが聴こえてた）

――そうだ。あたしが歌うとき、尚もテン・ブランクで、ぎりぎりの戦場で戦ってるって。

戦友だって。

勝手に、そう思ってたから。

テン・ブランクがなくなったら。

ギターが迷子になったら。

ひとりぼっちだ。

一瞬、茫然《ぼうぜん》として、ステージの真ん中で立ち尽くしそうになった。

(支えにしてたんだ、こんなに)

歌詞ひとかけら、歌いそこねた。

みっともない。

立て直して。戦え。戦え。

バンドが「アグリー・スワン」のイントロ鳴らしたら、お客さん《オーディエンス》がひときわ盛りあがって、両腕あげて歓迎してくれた。背中はからっぽで、ギターが聴こえないけど、肺の底から魂ひきずりだしてマイクに声ぶつけて歌った。

「理多!　理多!」

めちゃくちゃに入り乱れた歓声のなか、だれかが叫んだ。——ウラギリモノ。

えっ。

バスドラより大きい破裂音が何回も足元で爆《は》ぜて、白い眩《まぶ》しい火花が見えた。

「理多っち」

びっくりした顔で、三堂さんがあたしの腕をつかんでひっぱった。中途半端に演奏がほどけて、音が消える。

「投げたやつ、つかまえろ!」

だれかが怒鳴った。

悲鳴や「嘘だろ」って大声。

三堂さんに無理やり肩を押されて、舞台袖に戻された。なんで、って思った。

(あたしの音楽)

音楽を消されたのが、信じられないくらいショックだった。

あたしのアグリー・スワン。

「爆竹!」

三堂さんがあたしに説明した。

「ステージに爆竹投げられた!」

攻撃……。

（そんなことまでするんだ）

なんだか感心した。

気持ちが麻痺《まひ》して鈍くなってた。

「理多さん、怪我しませんでしたか。大丈夫？」

新人マネージャーの間野《まの》さんっていう女のひとが舞台袖に走ってきて、すごく心配してくれた。大丈夫ですと答えた。屋城さんだったらこれもやっぱり自業自得って言うのかな。

協調性がないから。

台無し。

「犯人は取り押さえられましたから、もう安心ですよ。すみません、怖い思いをさせてしまって」

もう安心？

ほんとうに？

（だって、ひとりだけじゃないかも）

香椎理多を憎んでいる人間の数。

ひとりで済むわけないし。

「じゃあ、最後まで歌わなくちゃ」

ステージに戻ろうとしたら、間野さんがぎゅっとあたしの両肩をつかまえた。

「理多さん、今日はやめましょう」

「大丈夫です。歌えます」

ふりほどいて歩こうとした。ステージの真ん中、ゼロ番めがけて。なのに、足が動かなかった。煉瓦《れんが》かなにかに変わったみたいに、重く固くなってた。一歩も進めなくて、よくわからないうちにしゃがみこんでた。

「理多！　理多！」

呼ばれてる。

歩け。

握り拳で臑《すね》を殴った。頭の中心がきんと痛くなって、自動的に涙が出てきた。どうして。

あたしはプロなのに。

助けてほしいと思ってる。

「理多さん、無理ですよ」

間野さんまで泣きそうになって。

「りーた、やめろ」

志奈川さんが来て、あたしを叱った。

「弱った姿で客の前に出んな。かっこわりーぞ」

志奈川さんの言うとおりだった。反論できなかった。

中止、と志奈川さんがまわりに言った。――ライブ中止。

敗北だと思い知った。

負けたんだ。

ウラギリモノと呼ばれる自分に。

＊＊＊

すぐ客電がついて、ライブ中止のアナウンスが流れた。客席はざわついたけど、しかたないと思ったのか徐々に静かになった。そのあと楽屋に警察のひとが来て話を聞かれたりもした。よくわからないですとしか言えなかった。なんにも、わかってなかった。つかまった犯人の名前聞いたけど、ぜんぜん知らない名前だった。知ってる常連さんじゃなくてよかった。昔から顔をあわせてたファンのひとを、いまになって敵だと思うのは苦しい。

「災難だったね」

だれかが言った。うわのそらで、はいと答えた。二秒くらい遅れて、だれだかわかった。神取暁だった。様子を見るみたいにすこし笑顔で、あたしのそばに立ってた。あたしはいつのまにか楽屋の隅の椅子に座っていて、警察はいなくなって、まわりの人影はすっかり減ってた。

「怪我しなくてよかったよね。元気出してね」

「はい。お騒がせしてすみませんでした」

「いいのいいの、こっちのことは」

神取暁が気さくに手を振ってみせて、じゃあねと言った。ああそうか。帰るんだ。もうライブは、終わった。

たんだ。――アグリー・スワン、中断したまんまで、最後まで歌えないんだ。

　現実感がなくて、世界のかたちがぼやけてた。

「やだー。どうしたの？」

楽屋の出口で神取暁が意外そうな声をあげた。

「心配で会いにきた？」

「そう」

そう、って答えた声。

知ってる。

会いにきたって。

（えっ。だれに？）

神取暁に？

すごく臆病な気持ちになって、わざと的外れなこと考えた。期待どおりじゃなかったら傷つくから。

それくらい弱くなってるから。

「三堂さん情報でしょ？　三堂さんって、お節介でぬかりないもんね」

「またね」

「はーい。またウチでも弾いてね」

あっけなく会話終わって。

足音、目の前まで来た。逃げてるわけにいかなくなって、顔をあげた。なんでそこにいるの、と今日も思った。長い髪のギタリスト。今日はどこか怖かった。

怒ってる感じがした。

「なんで怒るの」

小声で訊いた。

「怖いよ」

「あなたが俺を呼ばないから」

「意味わからない」

「そうだね」

尚がつぶやいた。

（おかしいよ、このひと）

都合がよすぎる。

いつも。

いてほしいときにいる。

「家まで車で送るから」

「え。いいよ」

「すこし話があるので」

話。

なんの話。

帰りますって間野さんに言わなきゃならないと思ったけど、近くに姿見当たらなくて、どうしたらいいかわかんなくなった。ぎくしゃく立ちあがって、バッグと上着持った。横からそれ攫《さら》われた。ひとの荷物勝手に持って、先に立って尚が歩いていく。背中を、急ぎ足で追いかけた。見失ったら難破する、灯台みたいな背中だった。

地下の駐車場で、白いタウンエースの助手席のドア、尚があけた。

「どうぞ。バンド仕様の車しかなくて、ごめんなさい」

恰好つけた車じゃなくて、なぜだか安心した。

運転席に尚が座って、エンジンかけた。薄暗い車のなか、メーターパネルの光がゆるく尚の横顔照らした。

「ごめんなさい」

もう一回、尚が言った。

「え。なにが？」

「優しくなくて」

「……どうして怒ってるのかわからない」

「理多が俺にギターを弾かせないから」

「だって、まだあたしは力不足で」

「後ろで弾いていれば、今夜だって理多を守れたかもしれないでしょう」

なにそれ。

「そっちこそ、変な怪我されたくないし。今夜のバンドに高岡さんいなくてよかった！」

三堂さんたちならいいのか、と自分で思った。身も蓋もなかった。

「俺はあなたのギターを弾きたいんだよ」

あたしの眼を見て、丁寧に、あたしが聞きまちがえたりしないように、尚が言った。

脳が揺れて、眩暈《めまい》がした。

掌で心臓握りしめられたみたいになった。

（幸せってなに）

たぶんこれがあたしの幸せで。

いちばんの幸せ。

同時に、すごく尖った錐《きり》で刺される痛み。

言わなくてもいいのに口に出してた。

「テン・ブランクがないから？」

「テン・ブランクが再始動したら、むこうに帰るよね？」

「そうだね」

尚が答えた。

嘘のかけらくらい混ぜてほしかったけど。

嘘をつく尚を見たくもなかった。

こんな残酷で正直なひとがあたしのギター弾きたいって言うんだ。

いいんじゃないのそれで。

それ以上は望みすぎなんじゃないの。

（――待ってるよ）

藤谷さんが待ってるって言った。

妥協していいって意味じゃなかった。

「でも俺は強欲で狡いから両立を考えるよ」

尚が言い足した。

狡い。

ほんとうだ。

どっちも取るなんて。

「家はどこ？」

「……三鷹《みたか》」

あたしが答えたら、尚がサイドブレーキ外した。車が走りだした。駐車場を出て、闇色の空といろんな種類の光がまざりあう夜景のなかを滑っていった。いまが何時なのかも確かめないまま、窓の外をたくさん流れるヘッドライトの白とテールランプの赤を見てた。

運転うまい。このひと。

ギターとちがって紳士的だった。

「おかしな話をするけど」

しばらく沈黙があったあと、尚が言った。

「俺は、人間はすぐに死ぬと思っているので、今夜あなたが無事だったことが嬉しいよ」

「……ありがとう」

ありがとうとは言ったけど、極端だとも思った。

「こんなことで死んだりしない」

「うん。ただ理屈ではなくて、俺はそう感じてしまうの。人間は、俺の見ていないところで、知らないうちに、死ぬものだから。俺が油断して笑っているときや、ギターを弾いているときに、俺とは関係なく、いつのまにか死ぬから。だから、藤谷がいつ死んでも動揺しないように覚悟しているの。……だけど今夜、香椎理多が死んだらどうするかという覚悟が足りなかったことに気がついたので、反省した」

「藤谷さんが死ぬこと毎日考えてるの？」

びっくりしたから訊いた。

「うん」

ちょっと自嘲するみたいに口元で笑って、尚がうなずいた。

「そうだね。毎日」

「つらくないの？」

「楽しくはないけれど、俺は好きな人間とは、こういう向きあいかたしかできないんだと思うよ」

――好きな人間。

（香椎理多が死んだら）

このひと、いま。

あたしのこと好きって言った。

たぶん。

嬉しい。

なにもかも真っ白になるくらい嬉しかった。

だけど。

「それって呪いだよね」

呪いだと思った。

油断して笑ってもいい。

なにも考えないでギター弾いていればいい。

このひとに安心してほしいのに、その方法がわからなくて、いらいらした。

「あたしは、呪いを、かけるより解くほうが好き」

「そう」

尚がもう一度、小さく笑った。

「勇敢だな」

「本気で言ってるから笑わないでほしい」

「うん。ごめんなさい。わかるよ。馬鹿にしたりしない。俺は臆病だから、あなたをすごいなと思ったんだよ」

勇敢なんて無知とおなじ意味。

あたしはただの経験値の低い小娘で。


いままで尚が見てきたものを想像することもできない。

だれが呪いをかけたのかなんて、わからない。

「藤谷さんが呪いをかけたの？」

「ちがう。藤谷は、そういう手は使わない。ほかの手は、いくらでも使うけど」

「いくらでも」

「そう。『アグリー・スワン』を歌うくらいのことをするでしょう」

ああ。

手段選べないって言ってた。

「俺は著しく公私混同をする人間なの。俺のギターが必要とする音楽に、仕事という枠をこえて全人格をあげて必死にしがみつくの。藤谷は、俺のそういう性状をよく知っているので、俺に『いい音楽』を食べさせて生きのびさせようとする」

「それは、藤谷さんも、高岡さんのギターが必要だから」

「公正な取引であればいいけれど、一方向に負担が偏るのはよくないね。――藤谷に迷惑をかけるギターでは、藤谷の音楽につりあわない」

「迷惑なんて、ないよ」

すごく驚いたし、不本意だったから、大声で言った。

「テン・ブランクのギターからは、愛情しか聴こえない」

「愛情」

尚がひとりごとみたいにくりかえした。

「……そうだったら、ありがたいね」

「迷惑だと思って、それでテン・ブランク休止してるの？」

「それだけではなくて、簡単に言うと、藤谷以外の三人のスキルアップのため」

「休まないとできないことなんだ？」

「そうしないと、あらゆることを藤谷がひとりで解決してしまうので。過保護な親のように。だから個々に力をつけて、また集まったときにはもっと強いバンドになるよ」

建前じゃなくて。

本気の言葉だった。

テン・ブランクが立ち止まらなくちゃならないのを、あたしは納得はしていないけど。

「……納得はできないけど、理解はした」

「そう」

「あたしも藤谷さんも、公私混同してる。高岡さんのギターと高岡さん本人を切り離すなんて無理」

「そうだね」

ギターだけじゃだめなんだ。

人間そのものが欲しいんだ。

藤谷さんが先に手に入れていて、全力で守ってる宝物。

（きみがそれでも高岡君を幸せにするなら、僕は期待

をするけど）

藤谷さんの言葉がいまも耳に残ってる。

あたしも尚を幸せにできるのかな。

テン・ブランクとおなじくらい……。

膝に乗せてたバッグのなかで携帯が鳴りだした。液晶を見ると、間野さんからの着信だった。きっと心配されてる。だけど、いま、一生でいちばん大事なことを言おうとしているから。

「電話、俺が出て説明するよ。勝手に車に乗せたのは俺なので」

尚が言った。くそまじめなひとだなと思った。

「いい。あとでかけなおす」

携帯をバッグに戻した。

「今日、『アグリー・スワン』、最後まで歌えなかった。……怖かった。でも同情されたいんじゃない」

あたしが言ったら、ちらりと尚があたしに視線を向けた。

虚勢は見抜かれる。

生身の自分を強くしないと。

「戦いたい。いっしょに戦ってください。ギター、あたしのために弾いてください」

声、震えなかった。ちゃんと言えた。

尚がすこし黙った。ウィンカー点滅させて、車を路肩に停めた。

「どうもありがとう」

静かに言われた。

「あなただけの独占物になれなくてごめんなさい」

「わかってる」

「だけど、戦っているあなたの背中を見るのが、俺は好きだよ」

「知ってる」

「公私混同をするけれど、あなたが好きだよ」

「知ってる、それも」

それ以上言われたら、がんばって気持ち保っているのが崩れて折れそうだった。右腕そっちに振って、「もういい」って言った。その掌をつかまえられて、包むように握られた。男の手は狡い。大きくて力があって不公平。でも力任せに縛るんじゃなくて、ゆるやかに掌重ねる触れかただった。

逃げたいなら逃げられる。それでも、指先の硬いギタリストの左手、乾いていて心地よくて、稀少《きしょう》な財宝みたいに大事で、投げだせない。

高速のカッティングで武道館を染める手。

いま、あたしの手をとらえてる。

(もういいよ)

狡くても、ゆるすから。

訊かれた。順番まちがってる。最初のキスのときに「キスしてもいい?」

訊くべきだったんじゃないの。返事のかわりに、ぎゅっと手を握りかえした。一定のリズムくりかえすウィンカーの音を聴きながら、磁石みたいにひきあうくちびる触れあわせて、長いキスをした。

Ⅲ

「おまえの彼氏、最高なんだけど、一個欠点があるわ。——業界に人気がありすぎ」

一ヶ月後、志奈川さんが言った。

ライブハウスの楽屋で。

「それ欠点なんですか」

「どいつもこいつも高岡君に仕事振りたがるから、スケジュール取るのが超大変だろ。みんなあれだな、テン・ブランクの活動中は我慢してたんだな。バンドにとっては皮肉だけどな」

「『修行中の身』だからたくさん仕事請けてるって言ってました」

「修行してスーパーサイヤ人にでもなるのか」

「だと思います」

「フーン」

半分呆れ顔で、志奈川さんがためいきついた。

「テン・ブランクが活動再開したら、もっと大変になるぞ」

「はい」

「ロミオとジュリエットみたいなテーマで新曲書いてやろうか」

「そんなに悲劇じゃないです」

「フーン」

「藤谷さんを倒しにいきたいです」

「じゃあドラクエっぽいテーマにするか。りーたが歌詞書けよ」

今日のステージはワンマンで。

ファーストアルバムのお披露目ライブだった。

爆竹投げられたライブ以来、ステージに立ってない。

志奈川さんはたぶん心配してくれて、あたしの楽屋で緊急性のないお喋りをしている。

また舞台袖で足が動かなくなるかもしれない。

歌えなくなるかもしれない。

みんなそれを心配してた。

(不安のあるボーカリストに、立派なステージ用意してもらえるの、ありがたい)

五百枚のチケットが売りきれた。お客さんが応援してくれてると思った。興味本位のひともいるだろうけど、それでもかまわない。

着替えも化粧ももう済んで、楽屋にいるのは、志奈川さんとあたしの他には間野さんだけだった。バンドにはべつの楽屋が用意されてる。『理多部屋』と『煙草部屋』と呼ばれてた。

「藤谷直季って、もとから倒れてるイメージだけどな」

ふと志奈川さんが言った。

「バンド組んで表に出てきたときは、びっくりしたもんな。業界で悪いオトナに利用されまくって、一回音楽やめたはずだったから」

「そうなんですか」

「あいつ傷だらけなんだよ。古傷蹴ったら倒せる。そういう卑怯な手は俺はやらねーけど」

傷。

(break the GLASS HEART)

傷ついた旋律。

思いだした。

透明で、心臓、刺してくる音。

(傷だらけだったんだ)

上手に隠しているから見逃してた。

尚は見すごさなかったんだろうな。

「おまえ変な女だなあ」

「なにがですか」

「男できたら、はしゃげよ、もっと。ピンク色のオーラ出して色ボケしろ」

志奈川さんに無茶を言われた。

「よくわからないです」

よくわからない。

芽衣みたいなことを言う、と思った。

(恋愛って最高に幸せ？)

ステージに立つ以上の幸せなんかないし。

最高のギタリストと歌えることがいちばん大事だった。

不純なのかな。

「時間です」

間野さんが言った。

どんな敵が待っていても壊れない気持ちを、拳のなかに握りしめて、立ちあがった。

バンドを待たないで舞台袖まで行った。

お客さんの気配がすぐ近くにある。

波打ち際にいるみたいに、ざわざわといろんな声の断片が押し寄せてくる。

「理多っち、俺らに任せろな」

　後ろから三堂さんが来て、親指立てて言ってくれた。林さんも黙って親指立てた。志奈川さんも今日はキーボードで入ってくれる。「任せろ」と言って、カンフーっぽい動きをしてみせた。恰好いいバンドだった。

「バンドが先に出てもいいですか」

　ステージを見やって、鋭い表情で、尚が言った。だれに訊いてるのか一瞬考えて、あたしだとわかって、はいって答えた。

（『怖そうだから手を握る』なんて甘いひとじゃなくてよかった）

　そんなの幻滅する。

　客入れの音楽が止まって、フロアが暗くなる。

　舞台袖にあたしだけを置き去りにしてバンドがステージに出ていく。フロアから、歓声や口笛が聞こえた。

「理多！　理多！」

　呼んでる。

　胸の真ん中、すこし苦しくなった。——ウラギリモノ。あの声が、名前を呼ぶ大勢の声のどこかに、混ざっているかもしれなくて。

　一瞬、空間を一刀両断するギター、マイナーコードを鳴らした。観客の声が、わあっと膨らんだ。ああそうか、尚がいることに気がついたんだ。

　林さんの4カウント。

　バスドラが鳴って、ベースが絡まって。

　志奈川さんが鍵盤はじく。

　アグリー・スワンのイントロ。

　一音めからギターが。

（戦場の最前線）

　自分自身を庇う楯《たて》もなくて。

　曝《さら》け出して、斬りこんでく。

　痛い。

　限界まで研ぎすまされた刃。

　テン・ブランクがなくても、ぬるくなんかならない。

ひとりで戦ってる。

（ひとりにしない）

自然に、足が動いた。ステージの中央、ゼロ番にむかって歩いていった。理多、と呼ぶ声がすごく大きくなって間近から迫ってきた。だけど怖くなかった。

スタンドマイクつかんで、歌った。

「――call me ugly swan」

熔鉱炉《ようこうろ》みたいな熱、全身に感じた。

みんなに名前を呼ばれて。

大丈夫だよと思った。

あたしは死なないから。

背中にぶつかってくるギターを、あたしの歌で受けとめる。迎え撃つ。

叩きのめせ。

藤谷さんとはちがう、あたしのやりかたで。

＊＊＊

はしゃげよ、と志奈川さんに言われても、よくわからなかったけど。

初めて尚の部屋に連れていってもらえたときは、嬉しくて、どきどきした。

気軽に他人をテリトリーに入れないひとだから、なおさらだった。

世田谷《せたがや》の防音仕様のマンションの三階。三部屋あるうちの、二部屋が、ギターとCDと本で埋まってる。逆に言うと、それ以外のものは少ない。リビングにはカフェテーブルと二脚の椅子しか置いてない。かろうじて冷蔵庫はあったけど、なかみは缶ビール六本。

「倉庫みたいな部屋でごめんなさい」

尚が説明した。

「実質、藤谷の家を出るまでこっちは倉庫だったので。藤谷の家を出てからも、ツアーがつづいて、あまり帰れなくて」

「どこで寝てるの」

「CDと本の隙間」

「意外と雑」

「そうだね」

「藤谷さんの生活に口出しする前に、自分の冷蔵庫のなかみを買ったほうがいいよ。医者の不養生じゃないんだから」

「そうします」

あたしが上から叱っても、おとなしく聞いてくれた。

「ごはんはどうしてるの」

「出前とコンビニ」

「だめじゃん」

「うん」

「なにか作る」

「女のひとだからって理由で家事をやらせるつもりはないよ」

「女とか男とか関係ない。あたしが男でも、作りたいから作る。ゴーヤ嫌い？」

「好き」

いっしょに近くのスーパーに行って材料と調味料一式を買ってきて、あたしがゴーヤチャンプルーと、ほうれん草のお浸しを作った。炊飯器も一応あった（新品のままシンク下にしまわれてた）から、お米も炊けた。

お味噌汁《みそしる》は、尚が自分でやると主張して作った。やればできるひとだった。

「蕎麦《そば》屋の長男なので、台所とは仲がいいのよ」

長い髪を後ろで結んで、大根を銀杏《いちょう》のかたちに切りながら尚が言った。たしかに包丁を持つ手は危なげなかった。

「でも自分ひとりの面倒を見るのは下手だね」

「すごくたいへんな仕事してるんだから、栄養とらないとだめだよ」

「すごくたいへんな仕事先のご本人が言うかな」

呆れたみたいに笑われた。

「本人だから言ってるんじゃん」

「うん」

向かいあってカフェテーブルの席について、缶ビールで乾杯した。ふたりでごはんを食べた。美味しい、と尚が言ってくれた。簡単に有頂天になった自分が、ずいぶん恥ずかしかった。志奈川さんの言ってた『ピンク色のオーラ』ってやつが、自分の頭に充満していく感じがした。

色ボケしてるのかな。

食器がふたりぶんあるのは、もしかしたら昔の彼女の置き土産。

いくつも恋愛をしてきたひとなんだろうな。

「明日の仕事って、どこ」

「札幌《さっぽろ》」

「遠い」

「そうだね」

「明後日《あさって》は？」

「まだ札幌」

「帰ってこないんだ」

「うん。全国十箇所、二週間」

綺麗に箸を使いながら、尚が言った。このひとの食事の仕方が好きだなと思った。

「あなたのライブのリハには戻るよ」

「それは知ってる」

「なにか心配？」

「会えないのが残念なだけ」

「うん」

「こういうの重い？　がっかりする？」

「がっかりしないよ。可愛いと思います」

余裕がある返事。

あたしよりも大人なところが狡い。

可愛いなんて言われ慣れてない。

動転する。

「ありがとう」

お礼を言った。たどたどしくなった。

尚が口元でちょっと微笑んだ。

銀色の鍵、一本、あたしの前に置いた。

「ここの合鍵」

「えっ」

「いつ来てもいいよ」

「……ずっといるかも」

「いいよ」

いいんだ？　甘すぎ。

気前がよすぎて、緊張した。なかなか鍵を手に取れなかった。

そのとき、携帯が鳴った。尚の携帯だった。

一秒で空気が変わった。尚の考えていることが、くっきり切り替わった。ひどく険しい顔で尚が立ちあがったから、あたしが怒られたりしたわけじゃないのに、余波で傷ついた気持ちになった。

怖い顔するから。

「もしもし？　どうしたの」

立ちあがって、玄関のほうに歩いていきながら、尚が電話に出た。

「……その楽譜は俺のところにはないよ。坂本君に訊いてください。あいつが整理したはず。……そう。解決した？　じゃあね」

短い通話でも。

尚の声聞けば、だれが相手なのかはわかった。

藤谷さん。

(死にそう、だったのかな)

そんなことない。たぶん、普通の用件。

「ごめんなさい」

尚が戻ってきた。まだどこか怖いままだった。

このひと可哀想《かわいそう》だな。

そう思った。

言えなかったけど。

「ＣＤと本の隙間って」

「うん」

「あたしのぶんの場所もある？」

あたしが訊いたら、尚のなかの怖い空気、ふっと薄れた。

「大丈夫」

「なら帰らない」

我儘っぽく言ってみた。

尚が笑って、今日も、子供相手にするみたいにあたしの頭を撫でた。

「いいよ」

＊＊＊

尚はあたしの近くにいるときは煙草を喫《す》わない。火をつけてない煙草をくちびるに銜えて、無造作に髪を束ねて、インスタントのコーヒーをふたりぶん淹れてくれる。その背中を見るのが好きだった。あたしは、だいぶはしゃいでいて、油断していた。表面的にはなにも起こっていないように取り繕って、うまく隠していられてると思っていた。尚が留守のあいだも、自分の家にはほとんど帰らないで、煙草とコーヒーの匂いがする尚の部屋で、ひとりで歌ってすごしてた。

芽衣から電話が来たのは、クリスマスイブで。

一年前のイブには芽衣とふたりで武道館にいたんだと思うと、ふしぎな気持ちがした。

その日も、尚は東京にいなくて、あたしはひとりで尚の部屋の留守番をしながら志奈川さんのデモテープを聴いていた。

「理多、ばれてるよ」

いきなり芽衣が言った。

「尚といっしょに住んでるよね？　追っかけの友達が、尚の部屋に理多が入るところ見たって」

「そのひと尚の部屋を見張ってるの？　ストーカーじ

ゃん」

「理多が反則するからみんなも黙ってないんだよ」

反則ってなに。

みんなってだれ。

「正直、理多のこと見損なった。――女使ってギター弾いてもらうとか最低」

「そんなことしてない」

女使うって言葉の意味が一瞬ぜんぜんわからなかった。

色仕掛けって意味？

そんな安い男じゃないから。

「仕事は仕事だよ。歌に価値がなかったらギターは弾いてもらえない」

「自信過剰なんじゃないの？」

芽衣が耳障りな笑い声を出した。

「理多の歌にそこまで価値があると思ってる？」

「価値はある」

悪意がぶつかってきたから、揺らがないように力をこめて言った。

「そう思わないと尚のギターに失礼だって、芽衣が言ったんだよ」

「忘れた」

また芽衣が笑う。

「みんな怒ってるよ。テン・ブランクの活動再開を理多が邪魔してるんじゃないかって」

「邪魔なんかするわけない」

「だったら早めに身を退《ひ》きなよ。いまなら、理多のファンの子たちに尚の情報流すの止めてあげる」

身を退く、って言葉もやっぱりわからなくて。

自分に関係する話じゃないみたいだった。

つくりごとっぽい。

それに尚のファンにもう気づかれてるんだったら、香椎理多のファンのひとたちにも噂は伝わると思った。

きっと、芽衣ひとりの力で止められたりはしない。

「なんで黙ってるの」

芽衣が苛立《いらだ》った口調になった。

「そこにいるだけで尚に迷惑かけてるんだよ。わかってる？」

「迷惑かどうか決めるのは尚だから」

「ほら、そういう態度だから爆竹投げられたりするんだよ。またおなじ目に遭うかもね」

呪詛《じゅそ》。

言葉で呪われた。

奥歯を嚙《か》んで耐えたけど、胸の鼓動が速くなるのを感じた。

ステージに立てなくなる呪い。

「芽衣、いままでありがとう。じゃあね」

おちついた声で言いたかった。それでも早口になったのがくやしかった。通話を切って、携帯を床に置いた。すぐに電話がまたかかってきたけど出なかった。

しばらくして、メールがひとつ届いた。知らないメールアドレスからだった。

――裏切り者。

そう書いてあった。

＊＊＊

もっと恋愛をしてたらよかった。

経験が足りない。

初恋だから、うまい立ちまわりができない。

歌ばかり歌ってたから。

でも逃げだすのもいやで。

尚が帰ってきたのはクリスマス当日の夜で、あたしはなにくわぬ顔でケーキとプレゼント用意して待ってた。なにくわぬ顔のつもりだったのに。

「どうしたの」

玄関で顔を見た瞬間に言われた。

もともと察しがよすぎるひとだったし。

あたしは体裁を繕えてなさすぎた。

だから、どうもしないとは言えなかった。

「黙らないで、話して」

尚に言われた。

忍耐づよい言いかただったけど、どこか怖い感じがした。

尚には尚にかけられてる呪いがあるから、不安になるのかもしれないと思った。

不安にさせてごめんなさい。

だれも死んではいないから。

「座って話したい」

そう答えた。

お湯を沸かして紅茶を淹れた。マグカップふたつカフェテーブルに置いて、向かいあって座った。昨日芽衣から言われたことを、できるだけそのまま思いだして尚に話した。メールのことも。

「あたしのせいでテン・ブランクのファンを動揺させて、ごめんなさい」

謝ったら、尚に鋭い視線で見られた。

「謝るべきことをしていると思っているの？」

中途半端な言葉は、このひとには通じない。

あたしがまちがってる。

いい子っぽい態度をとろうとしてた。

「思ってない。悪いことはしてない。だけど、どうしたらいいかわからない」

正直な気持ちを言った。

「なんでもなくて平気だって言いたい。尚のことも尚のギターも手放す気なんかない。あたしが歌えばそれだけで世界が変わるって言いたい。どんなに裏切り者って呼ばれてもあたしは倒れないって言いたい」

「うん」

「そんなの幻想かもしれない。呪いを何回解いても、また呪われるのかもしれない。いまは、そういう弱い気持ちがある。それがくやしい」

エゴイストだなと自分のことを思った。

どんなに尚のファンが泣いててもかまわないと思っているし。

あたしのファンにも、ごめんなさいなんて言う気はない。

「話してくれてありがとう」

尚が言った。立ちあがって、椅子を動かした。あたしの椅子の隣に並べて、そこに座った。

近い場所から、あたしの眼の奥を見た。

「強いのも弱いのも理多だから、どちらもあっていいんだよ」

「でも歌はあたしの仕事なのに、またステージに立つのが怖くなったら困る」

「俺が守るから」

「守らなくていい。怪我してほしくない」

おたがいの言葉が正面から衝突して、喧嘩みたいになった。

せっかく尚が安心させようとしてくれてるのに、融通がきかない自分がいやになった。

それでも尚のギターはあたしの宝だから。

すこしでも傷がついたら後悔する。

「理多がいま思っている気持ちが、俺の気持ちなんだよ」

尚に言われた。

つらいのと幸せなのが混ざった痛みのせいで、呼吸が難しくなった。

「恋って苦しいね」

思わず、口から弱音が零《こぼ》れた。

「やめたいの？」

尚が訊いた。

意地悪だと思った。

見逃してくれない。

でもそういうひとだから。

「やめない」

戦う気持ちを自分のなかに探して、答えた。

「ストーカー対策は、事務所に頼む。志奈川さんにも相談して味方になってもらう」

「うん」

「できれば藤谷さんにも、あたしから話したい。噂になりそうだってこと」

反対されるかもしれなかったけど、言ってみた。

「そう」

尚が眼を伏せて考えた。

「わかった。うちのマネージャーには俺から話を通しておくので」


すぐ藤谷さんにメールを書いた。なるべく簡潔に事情だけ書きたいと思ったのに、長くなった。

藤谷さんのことを、雑に扱ったりなんか、絶対にできない。

とても、とても大切なひとだから。

テン・ブランクが休止しているあいだ、藤谷さんも尚とおなじで、すごく忙しく仕事しているって聞いてた。

なのにメールを送った五分後に、あたしの携帯に電話がかかってきた。あんまり早いから藤谷さんだとは思わなかった。尚の目の前では話しづらくて、慌てて玄関まで行って「香椎です」と答えた。

「もしもし？　メリークリスマス」

ちょっと嬉しそうに藤谷さんが言った。

「一年経ったね、『アグリー・スワン』歌わせてもらってから」

「憶えてるんですか」

びっくりした。

「うん。あれは僕にとって印象的なクリスマスだったし」

「ありがとうございます。あのときは、すみませんでした」

「こちらこそ。それでね、メールの話だけど、ＴＢにはまったくダメージないから心配しないでください。高岡君はセキュリティのしっかりしたところに引っ越したほうがいいと思う。俺から言えるのはそれくらい。あと勝手に領域侵犯して香椎理多の商品価値についてシミュレーションしてみたけど、噂は話題性として利用すれば勝ちだよ。きみのために高岡尚の名前を有名にしておいたと思ってくれていいよ。ＴＢの看板は、いくら使われても減らないから大丈夫。志奈川さんも、いまはアイドルじゃなくアーティストとしてきみをアイコン化しようとしているし、俺との意見の相違はあんまりないいんじゃないかなあ。――シンプルに言うと、きみが自分を曲げずに歌っていることが最重要なんだよ。わかる?」

「はい」

携帯を握る手が熱くなった。

言ってほしいことばかりで。

それは藤谷さんが優しいからだけじゃないと思った。尚を大事にしてるから、こんなに考えてくれる。

「ありがとうございます」

「うん。あのさ、僕ときみとは彼のギターをめぐってライバル関係なんだけど、ただ率直に僕の友達が幸せでいるのは嬉しいんだよ」

藤谷さんが言った。

幸せって言葉が、そのときはひっかからずに、すっとあたしのなかに入ってきた。

なぜだろう。

幸せは、見たことのない蜃気楼《しんきろう》みたいなものじゃなくて、ひどく単純なものだと思えた。

ちいさな、一枚のピックみたいに。

手のなかにあるもの。

だけど尚にもあたしにも、足りない幸せはまだあって。

「幸せには、テン・ブランクも必要なんです。片方の翼だけで、空は飛べない」

生意気なことを言った。

藤谷さんの一存だけでテン・ブランクをまた始められるわけじゃないのはわかってて。

でも、藤谷さんに言いたかった。

「そうか。そうだね」

「偉そうで、すみません」

「偉そうでいいよ。香椎さんらしいから」

笑われた。

(このひとが生きていますように)

尚のためだけじゃなく。

自分のためにも祈った。

「じゃあ、またね」

「また会ってください」

「うん。待ってるよ」

そう言ってくれた。一年前とおなじだった。


通話を切って、一回大きく深呼吸した。

自分を曲げずに歌うこと。

どんなにむずかしくても、それを叶えようと思った。

テン・ブランクが還《かえ》ってくるまで。

アグリー・スワン
第三章

I

真っ青な空に、どうっと揺れた観衆の声、吸いこまれていった。

八月の頭だった。気温は高いけど風が爽やかに吹きぬけてた。広い野外の会場。大規模な音楽フェスの、メインステージ前に集まった観客は四万人。みんな、今日ここでなにが起こるのか知っていた。たくさんの期待が粒子になって、つめかけた観客のまわりできらきら光っているみたいに見えた。

まぶしい太陽の真下、高い位置に組まれたステージの下手からスティックを手にした西条朱音が出てきて、ドラムセットの椅子に腰をおろす。どんなときでも変わらないその姿を、すごいなと思った。なんでもなさそうな顔つきで、坂本一至もキーボードラックの内側に足を運ぶ。ふたりの登場だけですでに尋常じゃなく観客がどよめいて、口々に名前を呼んだ。

「やばい。やばい」

あたしの隣で日野響が、両手で目元をおさえて口走る。

「もう泣きそう」

早いよ。

でもわかる。

メタリックな純白色のギターといっしょに、尚が上手の定位置まで歩いた。その後ろから、なにかの話題のつづきで笑ってる感じの藤谷さんが黒いプレシジョンベース片手に俯《うつむ》きながらステージに出てきて、スタンドのボーカルマイクに、声を吹きこんだ。

「ただいま戻りました！」

山が動いたみたいな、猛烈な歓声があがった。

一年ぶりのテン・ブランクだった。

「馬鹿ー！」

半泣きで響が叫んだ。

「ギリギリまで来ないで心配させるし！　成田《なりた》空港から来るし！　でもテン・ブランク最高だからゆるさざるをえない！」

ゆるさざるをえない。

響の言うことが、おもしろかった。

あたしも尚と昨日すごくつまらない喧嘩をしたばかりで（カレーの辛さについての喧嘩。尚は辛口が好きで、あたしは中辛が好きで、だからいつも中辛ばかり作ってたけど、でも我慢すれば辛口も食べられるから今回は辛口で作ったとあたしが言ったら、我慢されても嬉しくないから中辛にするべきだと尚に叱られた。そこで上から叱るの理不尽だと思ったので喧嘩になった）、今朝もお互いむっとしたまんまで黙々と朝ごはん（昨日のカレーの残り）を食べて、目的地おなじだったけど出演者だから尚が先に出た。

ごめんなさいの一言は聞いてないし言ってない。

だけど、ギター持ってステージに立つと断然恰好いい男だった。知ってた。

ゆるさざるをえない。

あたしは二十一歳になって。

いまも歌っている。

いまも尚と暮らしてる。もちろん、そう公言はしていない。ただ、噂にはなってる。噂なんか利用させてもらえ、と志奈川さんは言った。「金かけないで香椎理多の名前を宣伝できるんだ」って。藤谷さんと同意見だった。

藤谷さんに忠告されたとおり、引っ越しもした。千《せん》駄ヶ谷《だがや》の防音マンションに。セキュリティも考慮したけど、神宮前《じんぐうまえ》にある藤谷さんの家に近くなるのも、たぶんメリットのひとつだった。尚にとって。

ストーカーからはときどきメールが来る。着拒しても、アドレスを変えても、あまり効果はなかった。言いたいことはひとつだけみたいだった。おなじ言葉をくりかえす。——裏切り者。

あたしは存在するだけでだれかの心を踏みにじっている。

自分の歌のことしか考えてないエゴイスト。自分の歌のためにテン・ブランクのギタリストを拘束する邪魔者。

そんな立場でテン・ブランクのステージを観に来るのは空気読めてない。でも、今日だけは、見届けたかった。響もあたしも帽子かぶって、髪型もメイクもいつもと変えて、ステージに近すぎない位置でテン・ブランクの帰還を待ってた。

藤谷さんが、ボーカルマイクで話してる最中、待ちきれずにアカペラで歌いだした。藤谷さん、イギリスに行ってて帰国したのが今日、出番直前で、リハーサルしてない。一年前の武道館以来、バンド全員で揃って音を出してない。それでも。

怖くないんだ、藤谷さんは。

ほかの三人がついてこないなんて、思わない。

ふりかえってだれもいないなんてこと、ありえない。

それがテン・ブランクだから。

藤谷さんがワンフレーズ歌いきった瞬間にあわせて西条朱音がカウント打った。四人の音がいっせいに、火柱みたいな轟音になって広い空にたちのぼった。

「テン・ブランクだぁ……」

響が泣き声を出す。

ギターが鳴ってる。

喧《やかま》しいギターリフ。

譲らずに前に出て攻めこむ。

四つの音に、逞《たくま》しさを感じた。

繊細なガラスのまんまで。

太陽の光に透けて。

だけど容易に壊されない。

しぶとくて。

成長して。

誇らしげに鳴る王者の音。

(こんな音が欲しかったんだ、TBの四人は)

すごく贅沢なことを願って、でも一年かけてその願いを叶えてた。

正しい音だと思った。

(ギター)

真剣勝負の物騒なギターが藤谷さんの歌にぶつかっていく。それを、ちゃんと受けとめる藤谷さんの歌いかた、「アグリー・スワン」を歌ってくれたときと似ていた。ギターの切っ先、抱きしめるみたいに受けとめて、また死角に投げかえす。とても誠実で、とても卑怯。

真似できない。

(両立、無理なんじゃないかな)

そういう気持ちが湧いてくる。

尚は、香椎理多のギターを弾くと言ってくれるけど。

バンドの引力って、特別じゃないのかな。

よそ見してる余裕ない。

あたしはそう思うけど、この話を尚とするとまた喧嘩になる。いままで何回も喧嘩して、結論は出てない。

(いままでは、TBは存在していなかったから、喧嘩のなかみも机上の空論だったんだ。でも今日からは、ちがってる)

テン・ブランクで弾いてる尚があたしは好きだから。

邪魔はしたくないんだ。

(けど藤谷さんに勝たなくていいの?)

無理だよ。

勝つのは無理。

(勝てなくても戦うのが尚のギターで、自分もそんなふうになりたいんでしょ)

思いあがってるだけかもしれないよ。

だれもが高岡尚になれるわけじゃない。

(ぬるいな)

自分に言われて、ほんとうにあたしはぬるくなったなと、ちょっと茫然とした。

つまらないボーカリストになりたくない。

歓声が爆発して、地面が揺れた感じがした。六曲ぶん、演奏が終わったところだった。藤谷さんがマイクに口を寄せて、言った。

「ありがとう！　また会いましょう。秋には全国ツアーとかやるので！」

「マジで？」

響が頭抱えた。

「スケジュール調整しなくちゃ」

ぜんぶ追っかけるつもりなんだろうな。

秋には、あたしのツアーもある。ぶつかるのはしかたない。きちんと相談をしなくちゃならないと思った。

「香椎さんですよね？」

肩の触れる近さから、囁いてきた女の子がいた。

TBのツアーTシャツ着て、フェスのマフラータオル首にかけてる。

「あっ、お返事いらないです。ほかのひとに気づかれるとまずいですよね？　応援してます」

優しい笑顔で言った。

あたしはぼんやりしていた。考えごとをしていたから、いつのまにそんなに近い場所まで来られたのか、よくわかっていなかった。

「握手だけお願いしてもいいですか？」

「でも」

「ちょっとだけでいいんです」

強引に右手を握られた。

掌の真ん中、いきなり熱くなった。熱い？

痛いんだ。

「やめて」

握られた手を振り払った。傷口から血が零れて掌がぬるぬるする。相手、たぶんカミソリの刃を持ってた。振り払われたとたん、笑顔をゆがめて、走りだしていった。

「そのひと！　つかまえて！」

響があたしの横で叫んだ。だめだよ。目立つと、日野響と香椎理多だってばれる。響にまで迷惑かかる。

あたしが油断して握手なんかしたからいけないんだ。

「騒ぎにしたらまずいよ」

「だって傷害事件ですよ！」

響が憤然と言いはった。

「ごめん、あたしが悪い」

マフラータオルを右手に巻いて出血を隠した。

「救護室に行くね」

「ヒビキも行きます」

響があたしの腕を支えて、救護室のテントまで付き添ってくれた。

あたしの手でよかった。ギタリストの手じゃなくてよかった。そう思ったら、いまさら怖くなった。

手当てをされてるあいだに、意外なひとが来た。テン・ブランクのチーフ・マネージャーの上山さんだった。

「日野さんから電話いただきまして、事情はうかがいました。テン・ブランクのファンがご迷惑をおかけして申し訳ありません」

丁寧に頭さげて上山さんが言った。

「警察に被害届を出しましょう」

「大事《おおごと》にしたくないです。あたしがこのライブに来なければ、なにも起こらなかったのに、甘い考えでいたからです。自分のせいです」

「香椎さん、それはね、ちがいますよ」

大きな目玉で、上山さんがじっとあたしを見た。

「どんな理由があっても、ひとを傷つけるのは悪いことなんですよ」

まっすぐで正しいことを言われた。

テン・ブランクのそばにいるひとは、すごく真っ当だった。

自業自得とか言わないんだ。

だけどやっぱり、あたしがうまく立ちまわれてないせいでこうなってるんだと思った。自業自得の四文字から離れてものを考えるのは慣れてない。難しい。

「事務所と相談します」

歯切れの悪い返事をした。上山さんが、用心深い表情で言い足した。

「藤谷が心配していますんで、どうかよろしくお願いします」

動揺した。

「藤谷さんこのこと知ってるんですか」

ステージで笑ってたのに。

あのままの気持ちでいてほしかったのに。

藤谷さんにとって邪魔な雑音の原因に、自分がなってて、それがいやだった。

「藤谷はリーダー兼プロデューサーなので、大概のことは共有するのがうちの方針です」

すみません、と上山さんが言った。

「高岡にはこれから話します」

「……はい」

言わないでくださいと頼むのも筋違いだから、できなかった。

最高のライブのあとにこんな話を聞かせてごめんなさいと思った。

「もしよかったら、うちの控え室《テント》にいらっしゃいませんか」

「いえ。帰ります」

テン・ブランクの居場所に入っていくことなんてできない。

無理。

あのバンドのなかに。

そんな隙間ない。


尚からは一度電話があった。あたしはタクシーで移動中だった。救護室だと応急処置しかできないから病院に行くように勧められたってことを、早口で説明した。

「もうすぐ病院着くから、大丈夫」

「そう」

「ライブすごくよかったよ」

「うん」

「せっかくのライブのあとに、騒がせてごめん」

「悪くないひとが謝るの好きじゃないよ」

「理屈わかるけど、今日のライブは特別だったから、邪魔になるのいやだった」

「病院が終わったら、まっすぐ家に帰れる？」

「うん、帰る」

「俺もなるべく早く帰るから」

「打ち上げあるよね？　バンド優先してほしい」

「帰るよ」

こっちの科白耳に入れてない感じで断言された。そのまま通話切られた。横暴だと思ってまた腹が立った。嘘。

腹が立ったあと、安心した。

握手のこと考えると身体が冷たくなって震える。

ひとりで我慢するのつらかった。

マンションに帰って、尚を待った。晩ごはんを作りたかったけど、利き手に包帯を巻かれてるから諦めた。

今日聴いた藤谷さんの歌を、思いだして歌った。テン・ブランクの、新しい歌。

新しい航海が始まる歌。

（ふりかえらないでそのまま航海してほしいんだ。

藤谷さんにも尚にも）

なんでそれが簡単じゃないんだろう。

インターホン鳴らして、尚が帰ってきた。玄関に行って、錠とドアガード外して、扉を開けた。真夏の夜気が尚といっしょに入ってきた。今日もギターケース自分で背負ってる。お気に入りのメインギター、時間があればいつでも弾くから。

このひと、ギター大好きなんだな。

あらためて、そう思った。

「ごめんね。帰らせて」

謝るの好きじゃないってまた言われそうだったけど、やっぱり謝ってた。

なにも言わないで、尚が右手をのばして、あたしの左頬に触った。それから、ゆるく両腕であたしの身体を抱いた。

「怖かった?」

「……すこし怖かった」

「あなたを守れなくてごめんなさい」

「悪くないひとが謝るの好きじゃない」

「そうだね」

「尚も怖かった?」

「うん」

素直に言われた。


一生懸命、尚のことを抱きかえした。

「あたしは生きてるよ」

「うん」

「心配しないで」

「心配くらいさせて」

「意見あわないね、あたしたち」

「喧嘩する?」

「今日はしない。晩ごはん、デリバリーでいい?」

「いいよ、もちろん」

このひとには、四六時中、ギターのことだけ考えさせてあげたい。

(あたしが雑音の発生源になってる。あたしが尚の弱点になる。それでいいのかな)

そんなふうに言ったら、きっと喧嘩になる。

勝手に決めるなって批判される。

尚の時間の使いかたは尚が決める。

わかってる。

（――歌を）

ふと思った。

（歌を、歌うのは、なんのためだった？）

あたしの歌。いま、ぼやけてる。

「どうしたの」

あたしの髪を撫でて、敏感に尚が尋ねた。

「疲れた？」

「そうかもしれない。でも大丈夫」

「大丈夫じゃないよ」

尚がギターケースをおろした。あたしの肩を抱いて、リビングのカウチソファ（引っ越したときに新調した）まで連れていった。あたしを座らせて、尚も隣に座った。

「痛かったでしょ」

「うん」

嘘はつかずに、うなずいた。

「もう知らないひとと握手はしない。尚も、しちゃだめだよ」

「俺といると、痛い目に遭うね」

「それがなに？　尚といっしょにいなくても、もとから嫌われ者だった。痛い目になんか、ずっと遭ってた」

そうだ。

そういう歌を、歌ってきたんだった。

傷だらけの、醜い白鳥《アグリー・スワン》。

「だから不安にならないで。あたしは歌うから」

不安になるのはあたしだけじゃなかった。自分のせいだって思うのは尚もおなじだった。

鋼鉄製の心なんてだれも持ってないから。

「あのね」

ぽつりと尚が言った。

「今日のステージはとても幸せだった」

「うん。わかるよ。見てても幸せだった」

「俺は幸せを感じるのが上手ではないので、藤谷に『今日の高岡君は幸せだよ！』と言われて初めて、ああそうだなと理解した」

「そうなんだ」

よかった。

藤谷さんが、そう言ってくれるひとでよかった。

「そのとき、この気持ちをあなたに聞かせたいと思った。——つまり、俺を幸せにしてくれてありがとう」

不意打ちで、そんなこと言うから。

泣きそうになった。

「今日、尚を幸せにしたのはテン・ブランクだよ」

「それもあるけれど、バンドがない期間も俺のギターが腐らず全力で生きていられたのは理多のおかげでしょう」

「辛口のカレーが食べられなくても？」

「今度は、ルウを入れる直前に鍋をふたつに分けるよ、俺が。中辛用と辛口用に」

「手間じゃない？」

「でも名案でしょう」


「うん。ありがとう」

「四万人相手に弾くのは大仕事だったので、自分を励ますために舞台袖でカレー調理の手順を考えていました」

「信じらんない」

笑ったふりして涙を左手の指で拭いた。

でも泣いてるのばれて、濡れた手を握られた。

「また泣かせた？」

「悲しくて泣いてるんじゃないから」

「そう？」

「幸せなの」

つらいこと沢山あるのに。

解決してないままでも。

幸せで涙が出た。

(このひとをもっと幸せにしたいな)

臆病になりたくない。

ちゃんと愛したい。

＊＊＊

志奈川さんにお願いして、打ち合わせの時間をとってもらった。三日後の昼、マネージャーの間野さんといっしょに、志奈川さんの仕事場に行った。青山《あおやま》にあるメゾネット式のマンションの一部屋に、機材と楽器がぎっしり詰まってる。楕円形《だえん》のテーブルに、志奈川さんのアシスタントの佐々木《ささき》さんがコーヒーを出してくれた。スタルクの椅子が並んでて、お洒落《しゃれ》だった。

「てかおまえ早く警察に届け出せよ」

志奈川さんには叱られた。

「マスコミにつつかれたりフェスの主催者の責任問題になったりテン・ブランクにとばっちり行くと思ってるだろ。藤谷直季、それほど甘ちゃんじゃねーから。そこそこ使える人脈持ってる。犯人野放しにするほうが全方向にダメージだからな」

「はい」

うなずいた。

志奈川さんに言われたら、躊躇《ちゅうちょ》する気持ちが減って、そうしようと思えた。親よりも信用できるオトナのひとだから。

「曲のプレゼンしてもいいですか」

「おう。めずらしいな」

録音済みのCD-ROMを一枚、ケースから出して志奈川さんに渡した。すぐプレイヤーに入れて、志奈川さんがヘッドホンかぶった。

三分間、黙って聴いてくれた。

あたしの歌と、伴奏のアコースティック・ギター。

それだけで、アレンジはしてない。

志奈川さんがヘッドホンずらした。

「高岡君が書いたのか？」

「あたしが作りました。未熟ですけど……。ギターには、コードを弾いてもらいました。この手でまだピアノ弾きにくかったので」

「へえ。バラードだろこれ。コテコテにロッカ・バラードに仕上げたくなるな」

「使えそうですか」

「直す箇所もあるけど一応合格」

「ありがとうございます」

「おまえだいぶ変わったな」

「だめなほうにですか」

「いや、歳相応《としそうおう》にってやつだろ。ソロデビューしたころは、おまえの世界ってよくも悪くもミュジドリ一色で、視野が半径一メートルくらいしかなかったんだよ。それはそれでおもしろかったけどな。でも、ちょっとは遠くが見える眼になってきたな。そういう歌になってる」

視野。

半径一メートルよりぜんぜん狭かった。

自分がやらかした馬鹿なことをたくさん思いだして、恥ずかしい。

「ひとのために歌いたくなりました」

あたしが言うと、志奈川さんがにやりと笑った。

「なんでそう思った？」

「——ちゃんと愛したいって思いました。そのためにあたしにできることは、歌だけだから」

「よかったなあ。おまえやっと、プロの一歩めに到達したんだぜ」

「遅いですね」

「まあな。でも最後まで気がつかないまま消えるやつは山ほどいるんだ。りーたは運がいい。周りのひとに感謝しなくちゃな」

「はい」

尚のおかげもあるけど、それだけでもなくて。

テン・ブランクに出会ってなかったら、きっと自滅してた。

あたしにテン・ブランクを教えてくれた芽衣は、やっぱりありがたい友達だったんだ。

残念な別れかたをしたけれど、感謝したいと思った。

「おまえら結婚しねーの？」

おおまじめに志奈川さんに訊かれた。間野さんが身をのりだして、「さすがにそれは」と言った。

「理多さんはまだ若いですし、例のストーカーも刺戟《しげき》したくありませんし」

「りーた本人の気持ちは？」

「してもしなくてもいいです。あまり変わらないんで」

そう答えた。

「フーン。なるほどな。まあいつでも保証人にはなってやるから心配すんな」

「ありがとうございます。……それと、秋のツアーでは、ミュジドリやるなら踊るか？　鍵盤がうるさくなるけど。せっかく踊れるんだもんな」

「ミュジドリやるなら踊るか？　鍵盤がうるさくなるけど。せっかく踊れるんだもんな」

「はい。練習します。エンターテインメントしたいです」

「了解了解。忙しくなるな」

志奈川さんが嬉しそうに言った。

「ギター、いまのおまえは高岡君じゃなくても歌えると思うけど、やっぱり魅力のあるギタリストだから俺はオファー継続する」

「テン・ブランクのツアーと時期かぶるんじゃないですか」

「断るのは高岡君とテン・ブランクの判断だろ。こっちが決める話じゃない。譲るほうが失礼」

「そうか……そうですね」

「おまえテン・ブランクが好きだから勝手に板挟みになってんだろ。甘い。藤谷直季と勝負しろよ。藤谷は絶対譲ってくれねーぞ」

「はい」

ぜんぶ見抜かれてた。

大事な仕事なんだから譲っちゃだめなんだ。

相手が藤谷さんでも。

Ⅱ

その晩は尚が早めに帰ってきて、いっしょに晩ごはんを食べた。まだ利き手が治らなくて料理はできなかったから、デリで買ったオードブルとサラダとローストビーフを並べて、バゲットにオリーブオイルを添えた。とっておきの赤ワインもあけた。

「なにかのお祝い？」

尚が尋ねた。

べつに、と答えた。

「お祝いというほどじゃないけど、曲、志奈川さんに採用してもらった」

「そう。よかった」

「あと、テン・ブランクのツアーの日程、調べた」

「まだ公になってないでしょう」

「響が知ってた」

「どうして俺に訊かないの」

「訊かなきゃ言ってくれないんだ？」

あたしが言いかえしたら、尚がくちびるを閉ざして黙った。怒らせたと思った。でも、やめないで続けた。

「あたしのツアーの初日、テン・ブランクもライブだよね。だから言わなかったんだよね。わかるけど、教えてほしかった」

「いま相談しているところだから。日程を動かせないかどうか」

「そんな大変なことできないよ」

尚の返事聞いてびっくりした。思わず、きめつける言いかたになった。

テン・ブランクの今度のツアーは一万人規模のアリーナクラスの会場がメインで、簡単に変更なんかきっとできない。

「そうだね。難しいかもしれない」

尚が静かに言った。

「でも、叶うかもしれないとは思わないの」

「……うちで弾いてもらいたいよ。だけどそんなに無理してもらっていいのかわからない」

うろたえて、弱い気持ちを吐き出してた。藤谷さんと勝負しなきゃいけないのに。

戦う前に挫《くじ》けてる。

「アーティストとしてのあなたが魅力的であれば、その理由になるよ」

「理想論だよそれは。プレッシャーかけないでほしい。尚は自分の思いどおりのギターさえ弾ければ、テン・ブランクのスケジュールに迷惑かけても、あたしがプレッシャーで潰れてもかまわないんだ」

負け犬の科白。

悲鳴みたいに口から出るのを止められなくて。

(どうしよう)

引き返す道が見つからない。

このままだと。

(そこまでしてあたしのステージに立とうとしてくれたんだ。そう思えばいいんじゃないの)

ちがうよ。

やっぱり、テン・ブランクをなにより大事にしなきゃだめ。

譲る譲らないじゃない。

このひとらしい場所にいてほしいだけ。

「みっともないこと言ってごめん。でも尚の居場所はテン・ブランクじゃなきゃ厭だよ」

「バンドが大事だから努力しているんだよ」

「知ってるけど、そもそもそんな努力しなくてもいいよね」

「俺があなたの重荷になってる?」

そう訊かれた。

答えられない。

尚は正しいひとだから。

否定したら嘘になる。

肯定したら。

（お別れになる。それは、だめだ）

すごく高い塔のてっぺんの不安定な足場に立っているような震えが両脚に来た。

踏みはずしたら墜落する。

神様。

このひとを愛したいんです。

頭がぎゅっと締めつけられて苦しい。

無理なのかな。

闇雲に、大声で叫びたくなった。

硬い電子音があたしたちの間に割りこんだ。

尚の携帯の着信音だった。

表情を動かさずに、尚が液晶の表示を確かめた。

「だれ？」

「源司《げんじ》」

「じゃあ出ないと」

「うん」

うなずいて、尚が立ちあがった。リビングを出ていきながら、もしもし、と応えた。

だれかが死んだ報《しら》せなんかじゃないから大丈夫。

そう言いたかった。

なのに、一分もかからずに尚が戻ってきて、テーブルのうえに携帯を置いた。

普通じゃない感じがした。

「どうしたの」

「うん」

椅子に座りなおして、尚が話した。

「山手線《やまのて》の、渋谷《しぶや》駅のホームから線路に落ちて、救急車で搬送された」

「――藤谷さんが!?」

今度はあたしが立ちあがってた。

山手線って。

頻繁に電車来る。

「電車に、轢《ひ》かれたりは……?」

「源司もまだ状況がよくわかっていなくて、病院に急行しているところ」

「病院は聞いた?」

「恵比寿《えびす》」

「行かなきゃ」

「そうだね」

尚がつぶやいた。

だけど、動きださなかった。携帯を見つめたままだった。もう一度それが鳴って、もっとひどくどうしようもない話が届けられるのを待ってた。そうすることが、なんだか敬虔《けいけん》な儀式みたいに見えた。

そんなに悪いことばかり待たないで。

左手をのばして、尚の右手をつかんだ。とても冷たい手だった。

(ふるえてる)

このひと弱い。

弱いんだ。

でもこの、取り繕ってない、生身の手が好きだから。

きつく掌を握って、言った。

「行こう」

＊＊＊

ワインを飲んでたから車の運転はやめて、タクシーで病院にむかった。夜の道を走っているあいだ、どちらもなにも言わなかった。ただ、ずっと手を放さずにいた。尚の携帯は鳴らなかった。

夜間窓口の手前の待合室は、しんと静まっていた。救急患者の付き添いのひとたちが無言でベンチに座っていた。ほかの場所は消灯していて、ここだけ照明の光が蒼白《あおじろ》かった。

あたしたちが待合室に入るのと同時に、上山さんがベンチから立ちあがって、足早に近づいてきた。

「来させてすまん、ついさっきセンセイと話した」

「お医者さんと？」

声を抑えて、尚が確認した。上山さんが顔の前で手を振った。

「いや藤谷と」

「話せるの？」

「話せる。轢かれてない。頭を打ったからＣＴスキャン撮ったけどいまのところ問題ない。経過観察。一応、今夜は入院させる」

「怪我は？」

「怪我はしたが大怪我はしてない。ただ、あれだ、栄養失調」

「え？」

「栄養失調で眩暈をおこして、そのせいで線路に落ちたんだと」

「…………」

尚が片手で顔の上半分覆って、深い息をついた。

「すまん。マネジとして管理が甘かった」

気遣う表情で上山さんが言った。

「たしかに俺の見るかぎりでも食ってなかった。本人は『時差ボケで食欲がない』って言ってた。アーティストの状態に気がまわらず申し訳ない」

「帰国するまでの生活に難があったんでしょう。体調管理は自己責任だろう」

「まあそう言うな。俺のせいにしとけ。藤谷も反省してへこんでるから」

「一至とアカネは？」

「まだ連絡してない。明日の朝電話する」

「そう」

尚が黙る。

いろんなこと考えてる。

こういうとき、このひと怒る。

藤谷さんに対してだけじゃなくて。

(大事なひと、守れなくて、助けられなくて)

自分自身を責めて怒る。

そんな気がした。

「藤谷さんと話そうよ」

口を挟むのに勇気が要《い》った。

でもこのままじゃつらいから言った。

「藤谷さんと会いたいです。会えますか」

上山さんに訊いた。

「ええ。病室に行きましょう」

あたしは部外者なのに、上山さんがうなずいてくれた。

病室は個室だった。病棟の面会時間は過ぎているから、会うのは短時間でお願いします、と看護師さんに言われた。おちついた色合いの引き戸の前に消毒用のアルコールがあって、自分の手をさしだそうとして、右手が治っていないことと、左手が尚の右手をつかんだままなことに気がついた。

手を放していいのか迷った。

「大丈夫」

あたしの気持ちを読んで尚が言った。

「もう大丈夫」

「わかった」

まだ尚の掌は冷たかったけど指をほどいて放した。

上山さんが扉をノックして、ひらいた。

「センセイ、高岡と香椎さんが来た。話す元気あるか?」

「高岡君。ごめんね」

まっすぐに尚を見て、ベッドから藤谷さんが言った。

左腕の肘の内側に点滴の針が入ってる。

こめかみに大きな絆創膏《ばんそうこう》が貼られてた。

「きみがいちばん嫌いなタイプの失敗をしちゃって、

ごめんなさい」

「そうだね」

尚が答えた。

「こういう思いは、あまりしたくないね」

「どうでもいいとは思わなかったよ。線路に落ちてるってわかった瞬間、絶対に生きのびようと思ったよ。できるかぎり大声で『助けてください』と言った。そしたら運よくホームの非常ボタンを押してくれたひとがいたんだ。でも、幸運という不確実な要素に有り金を賭けるやりかたは、きみは好きじゃないよね」

「そこにあったのは幸運よりも、ひとの善意でしょう」

「ああそうか。もっと人類を信じたほうがいいね。ごめんね」

「いいよ。あなたが無事なら」

「きみがいっしょに住んでくれてたらこうならなかった、なんてことはないんだ。俺が、バンドが楽しすぎて自分の足元を見忘れただけだから。きみの責任なんてひとつもないよ」

「うん。わかっているから、大丈夫」

尚が言う。

(藤谷さんには尚の心のなかみがわかるんだ)

こんなときなのに驚いた。

知らないんだと思ってた。昔からの、尚の覚悟のことなんか。ひとりで怖いニュースを待ちかまえてる、その気持ちなんか。

自分を責める気持ちだって。

先回りして、わかってくれてた。

(あたしは藤谷さんを怒りたかったのかもしれない。尚が可哀想だから。でも――必要なかった)

狡いな。

藤谷さんって反則しかしない。

だけど、それが藤谷さんだから。

(手段選べなくてごめんねって言ってた)

尚が必死なのとおなじくらい、藤谷さんもほんとうは必死で。

綱渡りから落ちないように相手をつかまえてる。

「香椎さん。ありがとう」

あたしにむかって藤谷さんが言った。

お礼を言われるようなことしてない。

「気をつけてください」

なんの芸もない科白しか言えなかった。

「みんな、泣くから」

そう言ったら、自動的に、自分の両眼から涙が零れて落ちた。

泣きたかったんだ。

気がつかなかった。

「うん。ごめんなさい」

申し訳なさそうに藤谷さんが謝ってくれた。

「香椎さんの怪我のことも、未然に防げなくて、ごめんなさい。僕の見込みが甘かったよね」

「そんなのはいいんです。栄養とって、寝てください」

「はい。そうします」

素直に言って、それから上山さんを見あげる。

「うちの猫は大丈夫。いま桐哉《とうや》に電話して、ごはんあげてくださいって頼んだから」

「ダイナミックな人選やな」

半笑いで上山さんが答えた。

「うん。怒ってたよすごく。文句を言いに来るんじゃないかな。でも桐哉は猫ファーストだから、まず神宮前に行ってくれると思います」

「了解っす」

上山さんがうなずいた。

じゃあ、と尚が言った。

「帰ります。明日、また来るので」

「あっ。高岡君、ツアーの日程変更できたよ」

急に思いだした口調で藤谷さんが言った。

心臓を拳で叩かれた心地がした。

「ありがとう」

尚が答えた。

（叶うかもしれないとは思わないの）

尚の言ったとおりだった。

あたしが空回ってた。

プレッシャーは、やっぱりあるけど。

潰れてられない。

「ありがとうございます」

藤谷さんに頭をさげた。口元でちょっと藤谷さんが笑った。

「調整できてよかったよ、僕だって香椎さんの歌を聴きにいきたいからね」

＊＊＊

病院を出て、しばらくふたりで夜道を歩いた。今度は尚が手をのばして、あたしの左手を握ってくれた。

大気のなかの夏の匂いが薄らいで、涼しい風が吹いていた。賑《にぎ》やかなカフェバーのオープンテラスの前を通った。お客さんみんなリラックスして、夜更かしを愉《たの》しんでた。洒脱なジャズがかかってた。

「さっきは、ごめん」

「どの『さっき』？」

「電話が鳴る前。卑屈だった」

「あなたは、あたりまえに愛されていいんだよ」

尚が、そんなことを言った。

言葉が純白の花火みたいに光って、あたしの視界でちかちかとはじけた。

言葉って光るんだ。

「今回のツアーは藤谷が急に言いだしたせいもあって、万事が流動的だったから勝算はあった。でも、本当に日程が動かせなかったら、俺はバンドのほうに行くよ」

「わかった」

ちゃんと言ってもらえて、安心した。

くやしがらなきゃいけないのかもしれなかった。

藤谷直季と勝負しろって、志奈川さんに叱られるかもしれない。

けど、自分がテン・ブランクと尚の間を裂く原因になるのは、だめだった。我慢ができないことだった。テン・ブランクが壊れたら、尚もあたしも壊れる。きっと、そうなんだ。

運命を共有してる。

「あたしのツアーは、最高のツアーにしてみせる」

虚勢じゃなくて。

本心で、そう言った。

規模はテン・ブランクよりずっと小さいけど。

それでも二千人収容のホールでのソロライブ。あたしにとっては挑戦だった。

「藤谷さんに観てほしい」

「泣かせたいね」

尚が悪だくみをするみたいに言った。

「あの男、自分がステージのうえにいないことをくやしがって泣くよ」

「泣かせたいんだ」

「たまにはね」

ふっと、ギターの残響《リバーブ》、あたしのなかで鳴る。

二十四時間、いつどんなときも、藤谷さんを泣かせるための企《たくら》みの音だよ。

Ⅲ

夏の終わり、あたしの手を傷つけた犯人が警察に見つかった。そのニュースといっしょに、「テン・ブランクのライブの現場で、高岡尚と交際中の香椎理多がファンに襲われて怪我をした」という話が表沙汰になって、週刊誌にも載った。

朝早くに、母親が電話をしてきた。

「もしもし理多ちゃん？　近くまで来てるの。これから行くから」

「ちょっと待って。いま六時だよ」

非常識な時間だった。尚がまだ寝てるし（スタジオから明け方に帰ってきたばかりだった）、起こしたくなかった。

携帯握って寝室を出て、廊下にしゃがみこんで小声で話した。

「急に来られても迷惑だから」

「この時間なら部屋にいるでしょう？　理多ちゃんも彼氏さんも」

「そういう問題じゃないし」

「お母さん、会って話したいの。記事を見て心配してるの。あなたぜんぜん帰ってこないじゃない。とにかく行くから」

勝手に電話を切られた。

「お母さん、来るって？」

尚が寝室を出てきて言った。通話の声、大きすぎて聞こえてた。

「うん。ごめん。母親が相手だと、ペース崩れる。うまく処理できてない」

「そう。挨拶はしたかったから、いいよ」

あいかわらずこのひと甘い。迷惑そうにしてもいいのに、なにも文句を言わない。あたしは自分がうまく立ちまわれてないと、また思う。もう大人なのに、情けない。

「そんな顔をしないで」

膝を折って隣にしゃがんで、尚があたしの頭を撫でた。

「あなたが悪いんじゃないよ」

悪いんじゃないかな。

母親を懐柔も説得もできない。

避けて、遠ざけるだけだったから。

いざというときに気持ちが縮こまる。

「理多。お願いがあるんだけど」

「なに」

「歌って」

急に言われた。めんくらった。

「え、なんの歌？」

「好きな歌を、どれでも」

好きな歌。

たくさんある。

でも、やっぱり。

「特別なのは、アグリー・スワン」

「うん」

「寝起きで声が出ないよ」

「いいよ」

よくない。中途半端な声を聴かせたくない。まっすぐ立って、頭のてっぺんから足の裏まで、一本の芯を通す意識をする。自然と顎があがって、うずくまる恰好なんかできなくなる。

尚はそこにいるだけだけど、ギターの音、あたしの心臓には聴こえる。嘘をゆるさない音。届かなくても、何万回でも、諦めないで妥協しないで、斬りこんでいくギター。愛情の音。

ちゃんと愛を受けとって、ちゃんと返すんだ。

あたしのなかにある、壊れやすくて透明なもの。ガラス。水晶。光そのもの。

聖域。

その中心から紡ぐ。

声。

傷という名の王冠
翼が折れても革命の歌を
call me ugly swan

あ。

これが歌いたかった。

歌ったあとで、気がついた。

藤谷さんの歌。

「——新しい歌詞？」

尚が言った。敏感で、さすがだなと思った。

でも、ほんとうのことは明かしたくない。

藤谷さんとあたしの秘密にしたい。

そんなふうにも思った。

「尚のギターのための歌詞」

「藤谷が書いた？」

ばれてた。

わかるんだ。すごいな。

なんだか嬉しくなった。

「そう。この箇所だけ」

「ふたりで内緒にしてるの、狡いね」

「響も知ってるよ」

「仲間はずれの度が増しただけなんだけど」

「拗《す》ねてる？」

「若干ね」

可愛い。

このひと可愛いな。

（勇気）

ふっと、毅《つよ》い種類の気持ちがあたしの身体いっぱいに満ちて、雫《しずく》になって指先から滴るようなイメージが浮かんだ。

勇気は、あたしにも、ある。

そんな単純なことを、思いだした。

歌を歌えば、いろんなことがクリアに澄んで見えてくる。

オートロックの呼び鈴《チャイム》が鳴った。

リビングの壁に設置されてるインターホンの前まで行った。小さいテレビ画面に、小さい母親の顔が映ってた。おちつかない表情で、ハンカチを握った手を顔の近くにあげてる。

母親の小ささを見たら、ぜんぜん動揺しなくていいって思えた。

解錠はしないで、通話のボタンを押した。

「お母さん。来てくれてありがとう。心配させてごめんなさい」

「そうよ。心配してるのよ」

「ごめんなさい。あのね、今日は仕事があるの。明日、家に帰るから、明日まで待ってほしい」

「せっかくここまで来たのに門前払いってひどいじゃないの」

やっぱり不満そうに母親が言う。

「そうだよね。ごめんね。でもあたしは大丈夫だから安心して」

「お母さん、あなたのことそんなに信用できないわよ。できるわけないでしょ」

母親が言った。

ちょっとだけ、勇気のない状態に引き戻されそうになった。

これも呪いだった。

呑まれるな。

「お母さんはそう思うんだね。わかった。あたしは明日帰ります。じゃあね」

「理多ちゃんが出てくるまでここにいるわよ」

粘られた。

尚があたしの肩に手を置いて、インターホンに口を近づけた。

「高岡です。俺も明日、そちらへうかがいます。申し訳ありませんが、今日はお引き取りください」

そのまま通話を切った。

切ってくれた。

「え……うちに来るの？」

「だめ？」

「だめじゃないけど、びっくりした」

「明日なら都合がつくし、親御さんに挨拶はするべきだと思うから」

「挨拶したあと、喧嘩するんじゃないの」

「するかもね。そういう芸風なので」

真顔で尚が言う。

「でもあなたが困るなら、喧嘩は売らないように努力するよ」

「好きにしていいよ。いっしょに行くって言ってくれてありがとう」

「こちらこそ、いっしょに行かせてくれてありがとう」

丁寧な言いかたをして、尚がくちびるの端をかすかにあげて笑った。

「そのうち、理多も俺の実家に来て蕎麦を食べてください」

「……緊張する」

「緊張するの？」

「尚のお母さんには嫌われたくないから」

まじめに考えているのに、笑われた。大丈夫だよと言われた。


ああ、でも、あたしは行くんだろうな。不確かな未来じゃなくて、空約束じゃなくて、このひとを形作った家族と会うんだろうな。そう思った。

そうやってあたしの世界と尚の世界の、それぞれの輪郭が触れあって融《と》けて、境界線が変質していくんだ。

その感じにすこし怯《おび》えるけれど、胸の底に嬉しい気持ちもある。

瞬間じゃなく人生を共にする感じ。

——人生。

もしもあたしが歌わなくなったら、このひとどうするかな。

歌えなくなったら。

用済みになるのかな。

（もしも尚がギターを弾かなくなったら？）

価値。

変わるのかな。

想像もつかない。

「心配してるの？」

尚に訊かれた。あたしは尚の顎の無精髭を掌で撫でてみる。手触りが好き。

「尚は、もっと寝たほうがいいよ」

「目は醒めたから、朝ごはんを作ります」

得意なフレンチトーストとハムエッグを作ってくれた。あたしはサニーレタスとトマトのサラダを作って、コーヒーを淹れた。熱いうちに、いただきますを言って、ふたりで食べた。美味しかった。

「あのね」

「なに？」

「昔、藤谷さんが音楽をやめたとき、尚はどう思ったの」

「ああ」

ちょっと恥ずかしい話をするみたいに、尚が視線を落とした。

「音楽をやめているとは知らなかったので……というか、表舞台にいなかっただけで実質やめていなかったので……あいつが歌ってたから、俺のバンドで歌わせたいと思った」

「歌ってたんだ」

「ふられたけどね」

「がんばって口説いた？」

「いや、次はむこうから、自分のためにギターを弾けと言ってきて」

「え、そんなの断れないよね」

「一度は断ったけどね」

「嘘。なにやってるのかなあ、ふたりとも」

「そうだね」

尚が苦笑いをした。

「俺と藤谷だけだと話が前に進まない。そういうバンドなの」

「そうなんだ」

「藤谷のことが気になるの？」

「気になるっていうか……あんなひとが、音楽をやめるって、イメージができなかった。やっぱり歌ってたんだ」

「うん」

「もしも、歌えなくなったら、どう思う？　――それは、藤谷さんじゃなくて、あたしが」

だいぶ遠回りした。

尚があたしの眼をじっと見つめかえした。

「仮定の話？」

「そう。仮定すぎて、わからない」

「あなたといっしょにごはんを作ると思うよ」

あたしの胸に尚の言葉が静かに届いて、そのまま心臓のなかに溶けた。

言葉そのものに栄養があって、あたしの身体にしみこんでいった。

（もしも――いつか、ずっと先の未来に――もし、尚がギターを弾かなくなっても）

尚の魂のかたちなら、もう知ってる。

＊＊＊

十月。

ツアー初日は東京のコンサートホールで。

その日も、あのメールが届いてた。

――裏切り者。

「お客さん全員の手荷物確認を実施します。警備も厳重です」

間野さんが神妙な表情で言った。

「理多さんは、心配しないで、楽曲に集中してください」

心配は、してない。

あまり気にならなかった。

客入れ前の、がらんとしたホールを歩いた。客席のいちばん後ろから、セットの組まれたステージを見た。

二千人のお客さんが香椎理多の歌を聴きに来る。どうして？

（夢が生きて歩いてる）

いつか、そう言ってもらえた。

夢。

いまも、夢って言葉のほんとうの意味は、たぶんわかってないんだ。

ただ、夢というものを、丁寧な手つきで、大切に扱いたいと思う。

サウンドチェックが始まっていて、ステージでは白いギターが孤高の音を鳴らす。

このギターも、あたしの歌も、お金とひきかえに売られる商品で。

どんな魂がこもっているかなんてお客さんには関係ないのかもしれない。

一瞬かぎりの、憂さ晴らしの役に立てばいいのかもしれない。

それでもギターは、ぎりぎりの、硝子《ガラス》の心が砕ける寸前の気持ちみたいな音を、退却せずに鳴らしつづけるから。

あたしも手をのばして、なにかをつかみたい。極限の、理想の先にある、魔法。それは藤谷さんの歌の模《ま》倣《ね》ではなくて。藤谷さんの歌が纏《まと》ってる眩しい光を、あたしもつくりだしたい。自分の力で。

「高岡も人間だなあ」

三堂さんがあたしの隣に来て、ステージを眺めながら言った。

「人間じゃなかったんですか」

「そうね。昔はエレキギターの妖精だったね」

「冗談ですか」

「いや、けっこう本気で、人間として生きづらいヤツでさ、オジサンなりに心配してたわけ。だってあいつほんとにギターしか持ってなくってさ。厳しいし遊ばないし。そういうの、あいつの素敵な個性だしカッコイイけど、『のうのうと生きる力』ってのが足りないからさ。鈍感力がないだろ」

「はい」

「あいつすこし変わったよ。ちゃんとメシ食って現場に来るようになったし、煙草は減ったし、長生きできそうじゃん。よかったな、理多っち」

「ありがとうございます」

音響《PA》の長嶋《ながしま》さんが「ベースのチェックします！」と呼んだので、三堂さんは大袈裟に慌てたポーズをとってみせて、ステージにむかって走っていった。ありがとうございますを、もっと何回も言いたかった。見守ってもらってた。

（のうのうと生きる）

似合わないな。

尚にもあたしにも似合わない言葉。

でも、変われる。そのうち。何十年か先には。

逞しい老人になれるかも。


客席から階段踏んでステージにあがった。

あたしの居場所。

戦場だけど、還るところ。

「理多、どでかい音量でぶちかまして」

長嶋さんがあたしに指示する。

ステージ中央、スタンドのボーカルマイクの前に立って、両手でマイク囲いながら、身体全体から声をふりしぼった。無伴奏《アカペラ》の旋律、ホールに反響して膨らむ。投げたボールの残像が、高速で彼方《かなた》に消えていくイメージ。

「でかすぎ」

長嶋さんに笑われた。


今日も、客席にひとの気配が満ちていくのを感じる。開演五分前。なにかを期待してくれてるひとたち。ほんとに香椎理多に価値があるのか、疑う気持ちも混じってる。見極めようとしてる。そんな気がする。

ミュジドリを辞めてなにを手に入れたんだ。

「ツアー初日、よろしくお願いします」

楽屋の前で、バンドのひとたちに挨拶をした。

「りーた、歌うの楽しめよ」

志奈川さんが言った。ど派手なラメの紫色のジャケット着てる。似合ってた。

「俺気がついちまったんだけど、推理小説《ミステリ》だったら俺が犯人じゃねーか？」

「なんの話ですか」

「おまえにストーカーなメール出すのが可能なポジションにいるの俺だろ。怖」

「出番直前にめんどうくさい話しないでください」

「だよなー」

かかか、と志奈川さんが笑った。

「その調子で、雑音かき消す歌を歌えよ」

「はい」

外から聞こえる雑音よりも、自分のなかから自分を否定してくる声と戦うのが大切なことだと思った。

「バンドが先に出てもいいですか」

今日も尚がそれを言う。遠くにある音符を読むような眼をしてる。ステージのうえに漂っている透明な音符。

「お願いします」

頭をさげて言った。尚も会釈をして、歩きだしていった。慣れた煙草の匂いがした。志奈川さんと三堂さんと林さんも、悠々とステージにむかった。

下手の舞台袖で、あたしは立ち止まる。

薄暗いステージにバンドが姿を現すと、それだけで、はじけるみたいに歓声があがった。

尚を呼ぶ声だと思ったのに、理多、と叫ぶ声がたくさん聞こえた。

理多って名前あまり好きじゃなかった。

理屈が多いひとみたいだから。

理屈ばかり多くて、力がない。

そういう自分に似合いの名前だったから。

でもいまは嬉しい。

ドン、と深くバスドラムが唸って、かっちり嚙みあったイントロ、バンドが鳴らす。

テン・ブランクとはちがう音。

香椎理多のための音楽。

(楽しめよ)

茶化す感じの志奈川さんの鍵盤《シンセ》。

鉄壁のリズム隊。

斬りこむのはギター。

ホール全体を、くまなく標的にして、鋭く抉《えぐ》っていく六弦。

(だけど人間のギター)

架空の幻じゃなくて。

体温がある。

ふるえも、おそれも持っていて。


赤い血が通っている音。

綺麗で見蕩《みと》れた。

「理多！　理多！」

お客さんに呼ばれてる。

あたしの居場所が、空いてる。

ゼロ。

舞台袖からステージに出て、スタンドマイクの在処《ありか》をめざした。

みんなの声と視線が一箇所に押しよせる。

歌え。

マイクを握りしめて、純白のスポットライト浴びて、等身大の香椎理多の姿、ぜんぶ曝して。

frontier　置き忘れられた空白を
探す旅に出た　古びた真鍮《しんちゅう》の鍵と
謎めいた伝承と　震えるコンパスの針
新天地へ　つれていくよ

大空も　海原も　砂漠も　迷宮も
すべて必要な経験だった
continue　きみに出会えるかな
護《まも》れるかな　薄い鎧《よろい》で　弱い楯で
ひとつしか呪文は持ってない
"maybe I love you, maybe"

限界でも戦うよ　だから待っていて
幸せの意味なんか知らないけど
この胸にある光をほどけば
きみのための歌になる

一曲めは「フロンティア」という歌だった。志奈川さんの曲に、あたしが詞をつけた。正直、巧《うま》くない歌詞だと思う。でも、嘘を書いてないからいい、と志奈川さんが言ってくれて採用になった。

マイナーコードのキャッチーなアレンジと、バンドの熱量のおかげで、客席に刺さるみたいにエネルギーが届く。直後、どっとはねかえってくる。浴びる。まぶしい。目が眩《くら》む。嬉しい。

嬉しい。

生きてる。

「聴いてくれてありがとう」

曲が終わって、みんなにお礼を言った。すぐに二曲めのイントロが始まる。

「りた！」

だれかが叫んだ。

大音量の演奏と、お客さんの歓声のなかで、その叫び声、ひとつだけ際立って聞こえた。

ほかとは違ってたから。

最前列に立ってた男のひとが、急激にアクセルを踏まれた車みたいに駆けだして、ステージにあがる階段、めざした。

あ。

コーイチさんだった。

常連の。

警備員さんが二人がかりでコーイチさんを押しとどめた。

「理多っち、さがれ」

三堂さんが言った。演奏が半端に途絶えた。

ギターも。

ギターは、鳴っていてほしい。

そう思った。

あたしの足はゼロ番から動かなかった。逃げたくなかった。

「裏切り者」

取り押さえられたコーイチさんが、ステージの下から叫んだ。

「変わるな。裏切り者」

——変わるな。

それは無理。

無理だ。ごめんね。

スタンドマイクからすこし離れて、息を吸った。足が震えそうだった。こらえた。

歌え。

「Show must go on」

マイクを通さないで。生の声で。

ホールいっぱいに届く声で、歌った。

Show must go on
舞踏会はこれから
赤い靴を選べ

ひとりぼっちのアカペラ。

ざわついた客席が、静まっていくのを感じた。

ギターの音が聴こえた。

熱、背中に、ぶつかってきた。

うるさい音。

ありがとう。

マイクをつかまえて歌った。

　永遠に踊りつづける運命で
　あたしを試して
　貪欲な孔雀《くじゃく》の王様みたいに
　極彩色で求愛して
　今宵《こよい》ばかりのご縁だなんて
　ただで言わせておかないわ

　時は来た
　オペラ座の宴《うたげ》
　シャンデリアを燃やせ
　喝采をどうぞ
　舞踏会はこれから
　赤い靴を選べ

途中から、林さんのドラムと三堂さんのベースが加わって、それに志奈川さんの鍵盤も乗って、力強いバンドの音になった。

恰好いいバンド。

時間の流れがおかしくなってて、一曲、一瞬で歌い終わる。

もっと味わいたいのに。

「理多！　理多！」

どう、と、うねる歓声。

海に深く沈むみたいに怖くて、だけど最高に幸せだった。

（幸せってなに？）

幸せは、生きること。

生命《いのち》そのもの。

とても単純で純粋だった。

幸せは、愛すること。

手に負えないくらい、難しい。それでも。

諦めないで愛したい。


ダブルアンコール、貰えた。

拍手がホールを埋めてた。

暗い舞台袖で酸素を吸って、息を整えた。

隣に尚が立っていて。

ふと言った。

「おめでとう」

「まだ終わってない」

「うん。だけど、歌えるひとで、よかったね」

祝福。

最初のライブのときとおなじ。

ずいぶん昔に思えた。

「そうだね」

呪いと表裏一体でもいい。

天才じゃなくても。


歌が好きで。

これからも歌うから。

「ギターがあってよかったね」

あたしが言うと、尚がちらりとくちびるの端で笑った。

最後の一曲は、アグリー・スワン。

白鳥であることを忘れるな。

みすぼらしくても。

未来が見えなくても。

蔑まれることを拒め。

怯えずに歌え。

戦いつづけるだれかを力づける歌を。

(抗いつづけるギター)

大切にする。

いっしょに生きていく。

「客席に藤谷が来てる」

尚が言った。目がいい。

「本当？　泣いてくれるかな」

「くやしそうにしてる」

「あはは！」

とても愉快な、爽快な気持ちになって、ステージへ歩きだした。あたしの立つべきゼロ番の座標にむかって。


二度めのアンコールが終わって、深くお辞儀をして、歓声に追いかけられながら楽屋に戻った。間野さんが肩にタオルをかけてくれた。マラソンを走りきったくらいに疲れてたけど、意識はすごく覚醒してた。

コーイチさんがステージにあがろうとしたとき、あたしが逃げなかったことは、やっぱりよくない、と志奈川さんに叱られた。

「毎度これで解決するとは思うなよ。音楽ってそこまで無敵じゃねーぞ」

「すみません」

「いい歌だったけどな」

「ありがとうございます」

——理多、と呼ぶ声がした。尚の声。

ふりかえったら、尚の隣に、背筋のまっすぐな女の子がひとり、立っていた。

新緑が似合いそうな、生命力の強い、ぴかぴか光る瞳をしてた。

西条朱音だった。

テン・ブランクの。

(ほんものだ)

どんな有名な芸能人に会うより心臓がぎゅっとなった。

西条朱音が、眩しく光る瞳から、ダイヤみたいな涙をひとつ落とした。

「え。どうして泣くの？」

慌てて、思わず訊いてた。

「理多さんの歌が」

彼女が答えた。

「綺麗で」

綺麗なのはあなたの涙だよと思った。

(藤谷さんを泣かせるはずだったのに)

こんなの計算外。

「褒めてくれてありがとう」

西条朱音の瞳を見つめて言った。

それから。

「テン・ブランクでいてくれて、ありがとう」

「理多さんもテン・ブランクです」

速いスピードで、西条朱音が言葉を返してきた。

ちょっと途方に暮れて、尚を見やった。

いいんだよ、って促す視線で、尚があたしを見た。

このひと平気なんだ。

二股かけてるのに。

すこしおもしろくなった。


両腕をのばして、西条朱音の肩をそっと抱きよせた。

この世でいちばんの玉座を扱うみたいに、大事に。

「ありがとう」

あたしたち、これからも音楽のなかで。

ひとつの魂をわけあって生きていく。

「理多さん!」

急に間野さんが言った。

「アンコールです」

「え?」

アンコールなら歌ったばっかり。

なのに。

「トリプルアンコールです。客電ついたのに拍手がやまないんです」

間野さんが言うから、ぽかんとした。

一気に鳥肌が立つ感覚した。

待ってくれてる。

歌を。

「カーテンコールだけでもいいけど、おまえまだ歌えるだろ」

志奈川さんに言われた。

「歌えます。でも」

なにを、と訊こうとしたら。

「はい、僕ひとつ名案があるんですけど！」

学級会の最中っぽく右手あげながら楽屋に頭つっこんできて話に割りこんだひとがいて。

一瞬で尚がすごく複雑そうな、迷惑と諦めの半々の顔した。だからそれが藤谷さんなのは、見なくてもわかることだった。とても元気そうだった。よかった。

薄地のロングコートの裾をひるがえして大股で歩いて、あたしの前まで来た。

「あっそうだ、香椎さんの歌すごくよかったよ」

「ありがとうございます」

「だから腹が立ってさ。決闘しない？　俺一回歌ったし歌は憶えるからアグリー・スワンなら歌えるよ。いっしょに歌おうよ」

決闘。

言葉は物騒なんだけど。

（いっしょに歌おうよ）

胸の底、光で照らされた気持ちがした。

このひとに認められたかったたから。

「待って」

低く尚が言って、あたしと藤谷さんの両方を見くらべた。

「そのギターだれが弾くの？」

「きみ、二股かけた時点でこうなることくらい予想しようよ。覚悟が足りないよ」

「待って。俺を殺す気？」

「死なないよ、高岡君はさ。貪欲に生きのびるよ」

きめつけて藤谷さんが笑った。

「ほら、朱音ちゃんだってこんなに期待の眼差《まなざ》しで見てるし」

「すみません。見てます」

西条朱音が謝った。見てるんだ。

（困らないで）

尚のギターじゃなきゃ歌えないよ。

藤谷直季との決闘なんて。

「お願いします」

尚にむかって言った。

「歌いたいです」

「そう」

ためいきまじりに尚が答えた。

「なら、両手に花を持つ覚悟をします」

「このひと、まじめなくせに最悪だよね！」

愉快でたまらないみたいに藤谷さんが言う。

言われた尚も弁解しないで瞼《まぶた》を伏せて笑ってた。

りーた、急げよ、と志奈川さんが言った。

空気が発光してる。

耳鳴りがしそうな濃密な時間のなかを夢見心地で歩いていく。

舞台袖から歩みだして明るいステージにたどりついたら、わきあがる拍手の塊に迎えられた。

「とても嬉しいアンコールです、ありがとう」

マイク口元に近づけて、お礼を言った。

うまく笑えてるのか、今夜もわからないけど。

誠実に伝えよう。

「アグリー・スワン、もう一回、聴いてください。今夜かぎりの特別なゲストは、テン・ブランクの藤谷直季さん」

藤谷さんの名前を言ったとたんに客席の温度がまた上昇して、歓声が分厚さを増した。高岡尚と藤谷直季の揃うライブ。レアで興奮する。そういう反応のひとつひとつを楽しむ表情で藤谷さんがステージに現れて、挨拶もしないでファルセットの旋律、マイクに吹きこんだ。

秘密の、甘い——薔薇《ばら》の花園みたいな、囁き声。

殺意じゃないんだ。

今夜のアグリー・スワン。

二年前のあたしに歌ってみせたお手本とは、もうちがうんだ。

もっと、寛大で。

ぜんぶゆるすひとの歌。

尚のギター。ざっくり斬りこむけど、歌は滅びない。

藤谷さんの歌は、虹で、逃げ水で、蜃気楼。どんな刃でも壊せない。

（そんなの神様すぎる）

尚をひとりぼっちにするのがいやだと思った。あたしも歌わなきゃならない。神様と戦え。アグリー・スワンは、あたしの歌だから。

アグリー・スワンは、あたしだから。

歌いだした瞬間、澄みきった音楽の海に沈んだ。透明な音符の波に飲まれた。

静かだった。とんでもなくうるさい喧嘩屋のギターが鳴っているのに。だけど乱雑じゃない、ギターになにかを誓って生きてる尚の心のなかと似た静けさだ。

ずいぶん深い場所で、ギターの存在、頬に触れる近さに感じる。

すぐそばにいる。

藤谷さんの歌がすごく先にあるから、スピードをあげて追いつく。

鍵盤のひらめきを加速のエンジンにして。

（歌え。ふりむかせろ）

神様を、ふりむかせる。

ちらりとあたしを一瞥《いちべつ》した藤谷さんが、マイクを遠ざけて歌うのをやめた。

待ってくれてる。

Bメロあたしひとりで歌いきった。

バスドラとベースの重低音の胎動が、いちばん魅力的な音符の群れをひきずりだす。

サビの旋律のてっぺんで、藤谷さんの歌とぶつかった。一騎討ちだった。勝てなくても顔を背けずに歌った。世界一の弦楽器の——ストラディバリウスの——豊穣《ほうじょう》な音色を耳元で爆音で聴いてるみたいで、気持ちがよすぎて、マイク握る手がふるえた。

狡いな、と尚に思った。

藤谷さんの音楽と戦うの、こんな快感だなんて聞いてない。

テン・ブランクやめられるわけない。

よかった。

一生、狡いままで生きてほしい。

あたしもゆるすから。

藤谷さんの歌が、あたしにじゃなくて、尚のギターに目配せしたのがわかった。

——いっしょに歌おうよ。

ホール全体を縦に切断するチェーンソーみたいなギターリフ。

やりすぎてて可笑しい。

(ああ。あたし、楽しいんだ)

笑いながら気がついた。

楽しい。

ステージで笑ってる。

悪戯《いたずら》を企んでる顔して藤谷さんがあたしを見た。

——憶えてる?

そう訊かれてた。

　傷という名の王冠
　翼が折れても革命の歌を
　call me ugly swan

藤谷さんの歌詞、ふたりで声揃えて最後まで歌った。

地響きに似た拍手が来た。

「理多!　理多!」

呼ぶ声が聞こえる。いまも。

「ありがとうございました!」

マイク通さないで藤谷さんに言った。

藤谷さんが口元で笑った。

「いい勝負だったよ。俺の勝ちだけど」

「知ってます」

「楽しかったね」

そう言って、客席に一回手を振ってみせて、舞台袖にひきあげていく。西条朱音が待ってる。

あたしも客席にむかって手を振った。客電がついて、みんなの顔がはっきり見えてた。いつまた会えるかわからないひとたち。約束なんかどこにもないけど。

「大好きです。ありがとう」

お礼を言って、頭をさげた。


「殺されそうだった？」

舞台袖で尚に尋ねた。

「だいぶね」

そんな返事をして、尚が仄かに肩をすくめた。

「自業自得なのでしかたがないね」

「楽しかった？」

「うん」

素直にうなずく。このひと懲りないな。

「よかったね」

「そうだね。……あのね」

言いかけて、すこし尚が考えた。

「欲しくない？　指輪」

「どうして？」

「要らない？」

「あったら嬉しいけど、なくても泣かない」

「なら、貰って」

「どうしたの」

小声で訊いた。

急に大事な話するから。

ざわついてる舞台袖で。

楽屋に戻らないと。

「惚《ほ》れなおした？」

冗談まじりで言った。

でも尚は笑わなくて。

「最初からずっと好きだよ」

まじめに言われた。

「いい歌をありがとう」

「……いいギターをありがとう」

暗がりで、お互いの手の指先を握った。エネルギーが高圧電流みたいに伝わって、身体全体が熱くなった。

職場なのに不埒《ふらち》なことしてる。

公私混同する人間たち。

「『最初』って、アグリー・スワンのレコーディングのこと？」

あの日のあたし、めちゃくちゃ態度悪かったのに、と思って、こっそり訊いた。

「友達の付き添いでバックステージに入って、俺を睨んでいた子のこと」

優しい眼であたしの瞳を覗いて、尚が言った。

なんで憶えてるの。

「忘れて。恥ずかしい」

「忘れない」

尚が柔らかく微笑して答える。最悪。——まじめなくせに最悪。

「行こうか」

「手つないで行く気？」

「それでもいいよ」

「よくない」

大袈裟に手を振りほどいて叱ったら、喉の奥で尚が笑った。

愛《いと》おしそうに。

面映ゆくて、困る。

「ねえ。乾杯がしたいから主役を迎えにきたんだけど邪魔かな？」

楽屋の方角から特徴のある靴音が近づいてきて、遠慮がちに藤谷さんが言った。慌てて、大丈夫ですと答えた。

「あっそれと僕、高岡君に教えてあげなきゃならないんだよね。今日のきみも、涙が出るほど幸せだったよ」

幸せ。

藤谷さんに言われた尚が、ひとつうなずいた。

「そうだね」

「きみの未来も幸せだよ！」

わかりきったことみたいに藤谷さんが断言して、くるりと踵《きびす》を返して歩いていく。

「うん。ありがとう」

尚が言う。

ふと急かされる気持ちになって、あたしは尚の背中を押す。

「行こう」

尚とふたり、肩を並べて、藤谷さんの靴音を追いかけた。

きっとそれが未来に響く音の欠片《かけら》だったから。

シークレット・トラックス

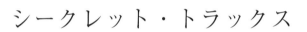

シークレット・トラックス　＃1

when the cat is away

真冬の、どしゃぶりの夜、ファミレスの駐車場の柱の陰に身を潜めていた、やせっぽちの野良猫。

後ろ足をひきずって、奇妙な跳ね方をして、逃げた。

（とって食いやしねえのに）

怪我《けが》をしてんのなら動物病院に連れて行くし、腹をすかしてんのならコンビニでエサを買う。俺が考えるのは、それだけなんだ。

だけど、一目散に飛びのいて逃げやがる。バカヤロウ。敵じゃねえよ。俺は鬼か。そんなに驚天動地で泡を喰《く》ってたら、ろくに逃げ道も見えなくて危ないじゃないか。うっかり視界の悪い車道にとびだしたら、急に光るヘッドライトに立ちすくむじゃないか。

「源司《げんじ》さん」

ぼそりと俺を呼ぶ小さな声が頭上から降ってきて、俺は上目遣いで、相手の顔を見る。ダウンのポケットに両手を入れて、坂本一至《さかもとかずし》が立っている。こいつも臆病な野良猫とよく似ていて、弱ってるときに俺が手をのばそうもんならダッシュで逃げる。高岡《たかおか》なんぞはスパルタもいいとこで「俺はあいつがどういう状態《ステータス》だろうと、一ミリたりとも手をさしのべようと思わないね」と言いやがる。首根っこを押さえつける要領で、ガツンと痛いところ突いてやるんだと。サドいな。同族嫌悪ってのもあるんじゃねえかな。

（なんだかんだキツいこと言いあっても、おまえらは相手の音が好きだから話が成立してんだよ。だけど俺は音楽で一至を黙らせたりはできないから、もうちっとオトナゲのある関係を築きたいわけよ……）

きりきり冷えこむ二月の夕方、神宮前《じんぐうまえ》の藤谷《ふじたに》の自宅、通称『藤谷スタジオ』の扉の前に俺はしゃがんで待っていた。そこにやってきた坂本一至が、微妙に困った顔をする。

「家のなかにいればいいのに」

「だれもいない家で留守番するの、好きくないんよ俺。意味なくシンミリするから」

「俺の楽器、とりにきたんだけど」

「いや、その件な。センセイから聞いたんで。俺が車で運べばラクで早いだろ」

「……シンセ一台だけだし、手持ちで帰れるけど」

「んな重くてかさばる荷物、わざわざ抱えて歩いたら社会の迷惑になるだろが」

「……いちおう、タクシーっていう選択肢もあったんだけど」

「俺の手と時間があいてんだから使えや」

「すみません」

謝罪が欲しいわけじゃねえんだよなあ。とりあえず立ちあがって、合鍵で扉をあけて藤谷の家に入った。


藤谷ひとりが住むにはでかい一軒家、そもそも藤谷の生物学上の父親だか母親だか（つまりどっちにしても養育の義務を放棄したやつ）が、一種の慰謝料というか財産分与というか手切れ金みたいなノリでくれた不動産なんだそうで、そんな経緯を聞いちまうと胸くそ悪いんで律儀に住みつづけなくてもいいんじゃねえかって俺は思うんだが、もう「そもそも」のほうは忘れたと藤谷は言う。「それより、ここに高岡君と坂本君が住んでたっていう歴史によって俺的に重要文化財になっちゃったよ、手塚治虫《てづかおさむ》先生たちが住んでたトキワ荘みたい」だと。

だけど、そんなら藤谷もここを出ていくほうがいいと思うなあ。ひとりで残るのは、しんどいんじゃねえかなあ。いずれ水を向けてみようとは思うが、テン・ブランクが休止してるあいだは藤谷も動かないだろう。ここから撤退したら、なんだか自分で自分にトドメさしちまうみたいでダメなんだろう。

「藤谷さん、スタジオにいるんだよね。そっちに行かなくてよかったの」

居間の灯《あか》りのスイッチを俺が押すと、ぐるっと室内の様子を見渡して坂本一至が言った。

「おう。今日の録《と》りは真崎桐哉《しんざきとうや》だから、むこうのマネジにまかせた。あいつら一緒に仕事すると必ずキテレツな喧嘩《けんか》すんだけど、あそこの現場じゃ『常識人が仲裁するの禁止』ってルールがあるんで、俺はやることなくてストレスたまるんよ」

「この家、思ったよりきれいだけど、だれか掃除してる？」

「センセイが自分でやってんじゃねえかな。業者に頼もうかって相談もしたんだけど。捨てられちゃ困る楽譜とか、そのへんに置きっぱにするから、怖いんだと」

「みんな失念してるけど、藤谷さんて昔からひとりで暮らしてたんだし、いろいろ本当はできるんだよね」

ぼそぼそ言って、居間の隅にかがみこんだ。壁際に置かれてたソフトケースのジッパーをあけて、収納されてるローランドの鍵盤を確認した。

「なんで引っ越しのとき、そいつだけ運ばなかったんよ？　ライブでも頻繁に使ってたやつだろ」

「これは本来の所有者が藤谷さんで、俺は借りてただけなんで、当然置いていくべきと俺は判断したんだけど、藤谷さんと見解の相違があって、『絶対に貸してない。二万五千円で譲渡した』って言うから」

「こまかい数字出してきたな、オイ。藤谷のくせに」

「そうなんだよ、藤谷さんのくせにそういう数字出してくるのって逆に信憑性《しんぴょう》が強化されて卑怯《ひきょう》だと思う。五百円だったとか迂闊《うかつ》な金額を言わないところが、根性悪い」

「マジに払ったんか。二万五千」

「憶《おぼ》えてない」

「おまえ憶えてそうなキャラなのにな」

「ものすごくつまんない金額なら憶えてるんだけど。

藤谷さんが財布忘れて、かわりに俺が出したぶんとか」

「もしかして、その手の貸しをぜんぶ合計したら二万五千になったりは……」

俺が言ったら、到底信じられないという表情で、坂本が俺の顔をじっと見た。

「んにゃ。真冬の怪談みたいだからやめとくわ」

「そうだよ。俺はそこまで藤谷さんの能力に付加価値をプラスする意義を感じない。生身の人間っぽくないイメージが勝手に構築されて、あまりよくないと思う」

まあな。

だからってそんなにしかつめらしく言わなくても、もっと素直な表現がありそうなんだがな。

俺は仕事用の鞄《かばん》に手をつっこんで、重要書類をしまうためのファイルケースをひっぱりだす。皺《しわ》ひとつついてない、五線紙をとりだした。鉛筆書きで、丁寧な音符を書きこんである。世界に一枚きりの楽譜だから大事に持って、郵便配達人よろしく、目の前の音楽家に手渡した。

「これ、センセイから坂本一至に」

「何の仕事？」

「いや仕事と関係なくて、バースデイ・ケーキのかわりだってさ。あと、成人式の晴れ着のかわりと、学校の卒業証書のかわり」

「何言ってんの」

「ちっと欲張りすぎだと俺も思ったけど、まあ貰《もら》ってやれよ。藤谷も、いろいろできるやつだけど、基本これしかできない音楽バカなんだからよ」

「それは知ってるけど」

不測の怪我をしたみたいに顔をしかめて、坂本一至が俺の手から楽譜を受けとった。眼鏡のレンズを下向きに傾けて、ざっと五線紙の全体に視線を走らせた。きちんと楽譜が終わっていないことに、すぐ気がついた。藤谷の鉛筆が、最後の手前で止まって、空白の五線を残している。

「悪趣味だよ。こんなの。遺作じゃないんだから。未完成な作品、かるがるしく他人に渡して」

「そう言うな。おまえは、他人じゃねえんだよ。あいつだって人並み以上に心は狭いんだよ。バトンはおまえにしか渡さねえぞ」

「知ってるけど」

俺のお節介な言葉を断ち切る強さで言って、世界と自分とのあいだの盾《たて》にするみたいに右腕をあげて眼鏡のふちを坂本が押さえた。泣くかな。逃げだすかな。俺は、黙って、次の出来事を待った。痛いと言われれば手当てをするし、なにかが足りないと言われたら探すんだ。おまえの目の前の人間はそのためにいるのだし、おまえと世界とを隔てる盾は、それほど全方位に分厚くなくてもいいんだ。

そらぞらしい言葉ではなく、それを伝えられたらいいんだがな。

「くやしい」

小声で、だけど泣き声じゃなく、坂本がつぶやいた。

うん、そうか、と俺は言った。

「だってこれ藤谷さんの自信作だから、へたに壊すわけにいかない。それでも壊して俺の音を書かないと追いつかないから、俺はもちろんそうするけど」

「うん。それでいいんじゃねえか」

「逆襲したい」

「しろしろ。どんどんやれ」

「でも、たぶん、もう藤谷さんは、俺を叩《たた》きつぶすためだけに曲を書いたりしないと思う。全エネルギーをそれだけのために使ったりはしないと思う。……だから卒業証書なんだと思う」

「そうか。寂しいか?」

「……寂しいかどうかは現時点ではわからないけど……。ていうか、もっと普通に、相手が好きなら好きって伝えるコミュニケーションをとればいいんじゃないの」

は？

おまえ、いま何を言った？

俺が思わず口をあんぐりあけたので、坂本も自分の発言の落とし穴に気がついて、真っ赤になって、

「いまの話は外に出さないでよ！」

「さっさと言行一致しろや‼　好きなら好きって伝えろや、こらあ‼」

「徐々にやるから待っててよ！　いきなり月面とか行けないいんだし人類だって！」

「おまえは本当、月面だの人類だの、そういうメチャクチャな話の展開するとこ、藤谷にソックリな！」

「やめてよ、最悪な自己認識になるから！」

「うるせえ、褒め言葉だ！」

「ちがう、絶対、褒められてない！」

鍵盤ケースのポケットに藤谷の楽譜をつっこんで、ケースの持ち手をつかみ、坂本が一目散に居間の出口にむかって逃亡をはかる。ちぇっ、と俺は肩を落としてみせた。

「せっかく藤谷が自信作を書いてよこしたんだから、どんだけ名曲なのか、一至に弾いてみてほしかったなあー」

「……何それ。強請《ゆす》ってんの？」

「いや、たまには俺も、心労を忘れて、音楽に癒されたいんだなあー」

「高岡さんとかに癒させればいいのに」

「あの野郎が癒しのギターなんか弾くとこ見たいか？　キモイぞ」

「……まあ、そうだけど」

坂本が諦めて戻ってきて、エレクトリック・ピアノの椅子に座った。楽譜を熟読して、音の調節をした。黒と白の鍵盤が、ちいさなファンファーレを鳴らした。ザラメを溶かした、青いソーダ水の音色で。ただの水よりも、ほんのわずか、甘いんだ。

シークレット・トラックス　#2

cat-and-dog

「キライ！　キライ！　ダイキライ！」

自動的に破裂して。

大声で、言ってしまった。

というか。

怒鳴り散らして。

ぶちまけて。

（アリエナイ。ごまかしきかない）

レコーディングの最中、で。

金魚鉢《ブース》の内側で。

目の前にはマイクがあって。

ヒビキ歌わなきゃならないのにヒステリーおこして叫んだ。

（わあ！　すごくバカな）

オトナのひとたちが、みんな聞いてるのに。

小学生レベルの失敗。

「あのさ」

ガラスのむこうがわのコントロール・ルームで、トークバックのスイッチ押して、藤谷さんが言った。

「日野《ひの》さんがキライなのは、僕の音楽？　人間性のほう？」

そんなこと訊《き》いてどうすんの。

意味ない。

くやしくて、泣かないようにがんばるのが精一杯のときに。

すごく外枠の話、言われても。

「それ関係なくて、ちゃんと歌えない自分が、キライになったんです。スミマセン」

「そうなの？　いま、多少は機嫌をとろうかと思ったんだけど」

なにゆってんの。このひと嘘《うそ》つきで困る。

「藤谷さんは、女の子の機嫌をとるとかムリでしょ!?」

「あっそうか、本当だ、そんなスキル持ってなかった。機嫌をとる努力をする姿勢を見せようとしただけだよね」

言葉が正確ならいいってわけでもなくて。

(キライじゃないけど、キライ)

藤谷さんの音楽、ぜんぜんキライじゃないけど、優しくなくて意地悪な音符ばかり来るから、すぐつまずいて、満足に歌えない。

たくさん練習したのに。

(才能、ないのかな)

いい気になって歌いたいのにな。

ヒビキの歌。

ほかのひとと比べなくても、自分が、好きって思えるくらいには。

ダメかな。


「ちょっと待って！　作戦会議しよう。僕がそっちに行っても大丈夫？」

「ハイ」

ガタガタバタン、と大きな音をたてて、藤谷さんがブースの内側に入ってきた。べつに土足厳禁じゃないんだけど入口で靴を脱いでた。五線紙と鉛筆を持ってた。きれいな板敷きの床に、ピクニックのときのレジャーシートみたいに、裏返しの五線紙、べったり置いて、藤谷さんが濃い鉛筆の線をぐいぐい五線紙にひっぱった。てっきり音符を書くと思ったら、ちがった。マンガの絵を描いた。目が大きくて、まるっこい顔の。

あれ。

鉄腕《てつわん》アトムの。

女の子。名前、何だっけ。

(ウランちゃん。ソックリ)

藤谷さんて絵がうまいんだ。

意外。

そんなに意外でもないのかな？

楽譜も綺麗に書くし。

芸術的センス、とか。音楽だけじゃなく、ありあまってるのかな。

「この子、二足歩行ロボットなんだよ。それでさ、名前が、ヒビキ二号っていうんだよ」

「は？」

二号？

「ヒビキ二号は、日野ヒビキの情報をインストールされてるけど、その情報ってのが古くて、二年くらい前の日野ヒビキなんだよ」

「はあ」

「この子に、新しい歌を教えてあげようよ。そういう感じで、歌ってみてよ」

「ヒビキ二号に、教えてあげる」

「そう」

「え、でも、二年前の自分、って、見たらイライラするかも」

「イライラする？　いじめたい？」

「いじめはしないけど、避けて通りたい。いまより頭が悪くて、みっともないし」

「だけど二号は、二年前の日野ヒビキっていうＯＳでしか世界を処理できないんだよ」

「それ、かわいそう」

「かわいそう？」

「もっとマシな世界あるのにって」

「マシって、どんな？」

「うーん……」

ブースのなかを見まわしたけど、なにがどうマシなのか、わからない。自分で思うほど、成長してない、のかな？

「だって二年前のきみだって、こういう気持ちは、ちゃんとあるでしょ。それは、かわいそうなのかな」

藤谷さんが鉛筆を動かして、ヒビキ二号の横にフキダシを描いた。フキダシのなかに、文字を入れた。

『I love singing !!』

ラブ。ラブかあ。うああー。

（そんな直球で書いちゃうのって、どうなの……）

ヒビキは天才じゃないし。藤谷さんの使ってるラブと、ヒビキのラブが、同じ意味の言葉かどうか知らないけど。

「ヒビキ二号のこと、だんだん可愛《かわい》くなってこない？　この子に優しくしたくない？」

「カワイイって藤谷さんは思うんですか」

「えっ。だから僕はすごくそういう曲を書いたよね。まだ可愛さが足りない？」

「あっ、そっか。可愛いです……。うん……。曲はすごく……可愛くって……すごく難しいんです！」

「本当？　難しい？　ああ、ごめん、そうかもしんない！　あれっ、技術面について何も考えなかったなあ、なんでかな。僕のなかでユメがふくらんじゃったんだよ、濃いピンク色のロリポップみたいな歌だと思って」

「ロボットじゃなくてニンゲンが歌うんだから考えてください！」

「うん。きみが人間なのはわかってるから、瞬時にパーフェクトに処理しろなんて言わないよ。ゆっくり一歩ずつ歌っていこうよ」

二号のために。

（ヒビキ二号は、どこかの星で、ひとりぼっちで待ってるのかな。古いOSを書き換える、未来の歌を）

スクラップ置き場の片隅で、広い空を見上げてる、さみしいロボット。

錆《さ》びたブリキのボディを光らせるための音符、コーラス、流星のかけらみたいに降ってくるのを待ってる。ラ、ラララ。すぐには記憶できないけれど、上手に声を出せないけど、だいじょうぶ。

何度でも歌って、教えてあげる。

手をつなぐみたいにして、連れていく。

だいじょうぶだよ。

テレビ局の廊下で、ギタリストの高岡さんにばったり出くわした。音楽番組の収録で、TB《テン・ブランク》も出るのは知ってたから、高岡さんがいることには驚かなかった。けど会ったとたんに「あ。一号」って言われたのが、謎。

「は？　一号？」

「ヒビキ一号」

「……あー。なんで知ってるんですか」

「いや、昨今の藤谷クンが、楽譜の隅にヒビキ二号をよく描いているので」

「えぇー。やだなー。勝手にラクガキされてるの、恥ずかしい」

「じゃあ『描く前に許可を取れ』と伝えておきます」

「そうしてください。スミマセン」

「うちの楽屋に来て、本人に直《じか》に言ってもいいですよ」

親切に誘ってもらったけど。

TBの藤谷さんと会うのはヤだ。

ヒビキのプロデューサーをやってるときの藤谷さんとは、かなり別人になってるし。

「TBのファンはやめないですけど、TBで歌ってる藤谷さんは敵です。藤谷さんの曲って、藤谷さんが歌うと、なんか二倍に卑怯なんだもん！　スキだけどキライ！」

そう言ったら、高岡さんがけっこう本気で笑った。

同感です、と言ってくれた。

シークレット・トラックス　#3

don't let the cat out of the bag

たぶんタイコじゃない。

ステージのふちに靴底の半分をはみださせる危なっかしい立ち方をして真崎桐哉が独り言のようにつぶやいた。

ミュージシャンなら、だれでも平常な気分ではいられない舞台だった。日本武道館《にっぽんぶどうかん》。

東京《とうきょう》ドームで歌った彼にとって大きすぎる箱ではないけれど、華やかな一種の祭典として用意された公演であることは確かで、セットリストもバックバンドも、この一回かぎりの特別仕様だった。

「たぶん、その八小節、普通にスネアやタムじゃねえなァ。うまく、新しい味つけって、できねえの」

タイトロープをおもしろがる子供の立ち方をして、一万五千人を収容する建物のからっぽの客席を見渡して、宝探しをしている最中の海賊の目つきをして、注文をつける。

本番前日の、ゲネプロの段階でアレンジに手を加えるのは、あまり悧巧《りこう》ではない。けれど彼が少々危険でワガママな動物だという基本設定はスタッフにも折込みずみだったたし、幸いにして彼の音楽的センスは非常に正しいので、彼のワガママにつきあっても周囲は徒労感に襲われず、愉快になれる。彼が音楽的に間違えはじめたら悲劇になるけど。でも彼も最初からリスクを負って歌を商売にしているのだし、それでいいんだろう。

ドラムセットの真ん中に座った西条朱音《さいじょうあかね》、という、真崎桐哉と同等のレベルで危険な動物が、まばたきをする。ちょっと考える。

「電気じゃなく？」

用心深く訊いた。そう、それが正解だと僕も思った。彼と僕はオーヴァークロームで電気と機械を弄《いじ》りつくしたから、人工的な音色は新しくない。ソロ・ボーカリストとして真崎桐哉が背景に置く音は、もっと混沌《こんとん》として、自由であってかまわない。

「あァ。それ。電気の真逆」

「じゃあ、すごくアナログに手拍子とか」

「どんなの？　叩いてみて」

「Cメロの八小節の、二拍前から、ほとんど無伴奏《アカペラ》にして、手拍子をこんなふうに」

ドラムヘッドの音を拾うマイクの近くで、八分の六拍子、複雑なシンコペーションで、彼女が手を叩いてみせる。いやだな、女性の掌《てのひら》って小さくて柔らかいくせに、決してくぐもってなるものかと意思表示するかのごとく声高にリズムの芯を早めに食ってくる、勇猛果敢な響き。いやだなあ、こんな音のなかに棲息《せいそく》したくないな。なぜって。

「なんだその裏打ち。すげえ歌いにくい」

「だめですか」

「いいんじゃないの。その入りの箇所から、ラストまで通して歌わせて」

きみは無愛想に言うけれど、ずいぶん嬉々《きき》としているのが、僕ならば経験則に則《のっと》って察知できてしまって困るよね。

（彼女、さっさと人妻になってくれた件については賢い身の処し方だと思ったのに。音楽の内容まで縛れる金科玉条というやつはこの世にはないので、音楽の範《はん》疇《ちゅう》であれば大々的な不貞も咎《とが》められない）

こんな背徳的なシンコペーションをあっさりと共有する彼と彼女の関係に、僕はもちろん取り残される。ああ他人でよかった、と思う瞬間。

とはいえ僕は真崎君が最終的に報われる展開じゃないと、納得できないな。

それとも意外と報われてるのかな。

「桐哉さん、歌うのはちょっと待って。アカネさんのハンドクラップ専用マイクを一台立てちゃいましょう」

オーヴァークロームのツアーを一緒に回ったこともある昔馴染《なじ》みの舞台監督が、ＰＡ席からマイクを通して指示を出した。それから、舞台の隅のキーボード・ラックの陰で暇をもてあましている僕を名指しにして冗談を言った。

「有栖川《ありすがわ》さん、さっきから桐哉さんを見てニヤニヤしすぎなんですけど。愛が再燃しました？」

「へえ本当？　そう見えるとしたら、真崎君が僕と会って照れてるからじゃないかな」

「こっちのせいにすんな馬鹿《ばか》。俺は、目の前のステージで忙しいんだよ！」

同窓会じゃねえんだ、と彼が正論を言う。それはそのとおりだった。僕にだって、こまごまと仕事は来るし、過去のよすがにすがらなけりゃならないほど食い詰めたりはしていない。無理をおして彼に雇われなきゃならない理由はない。でも、きみは妥協せずに上等な音をステージに欲しがるから、西条朱音と僕を同時にバックに従えるという無茶な真似《まね》も辞さない。勝手知ったる身内に甘えないで、貪欲に新しい音楽家と組んだほうが健全な気がするけど。一夜限定の武道館だからと言われると、上手に理屈がついてしまって、逃げづらいな。（すくなくとも頑としてステージに藤谷直季《なおき》を呼びつけないところは評価できると思ったんだ）

単なるオーヴァークロームの二番煎じになってもつまらないし、僕は僕以外の優れたミュージシャンたちとの分業を意図的に増やしている。僕が不在であるかのように。

いつ僕が消え去っても気づかれないくらいでいい。そういう心がけでいるのだけど、先刻の舞台監督といい、なかなか周囲は放っておいてくれない。きっと、彼らの内部でもオーヴァークロームは楽しかったからさ。美しい記憶だからだよ。

ひととおりゲネプロが終わって、僕は擬似的なハイになって、明日の一万五千人の気分を脳内でシミュレートして、僕としては滅多にない感情のモード、いわゆる上機嫌で。

帰りますと言うために彼の控え室に行った。どうせ明日本番で会うので、挨拶せずに帰ってもよかったのに。それほど僕も浮かれていた。お恥ずかしい話。

「おまえ腹減ってる？」

僕の顔を見たとたんに、彼が尋ねた。控え室に、彼はひとりだった。関係者の人々に揉《も》まれて賑《にぎ》やかな状況を想定していたので、調子が狂ってしまった。

満腹でも空腹でもないですと僕は答えた。

「アカネが、弁当たっぷり作ってきてて。俺のぶんもあんの」

「ああ。愛妻弁当だ」

「俺の妻じゃねえから日本語が変だろそれ」

「新妻弁当って言葉はあるのかな」

「唐揚げ食う？」

「彼女の件だけど、あなたが失恋したって解釈でいいの？」

「何それ」

悪党じみた、彼の得意な唇の曲げ方をして、真崎桐哉が笑ってみせる。

「俺が失《な》くしたものなんか、あるわけねえだろ」

「それもそうだね」

「あの女の音、俺の歌のためなら、俺の好きに使っていいんだぜ」

口あけな、と彼が命令するので、僕は無批判な雛鳥《ひなどり》みたいにそうした。プラスティック製の楊枝《ようじ》が刺さった唐揚げを僕の口に放りこんで、こいつで共犯だ、と桐哉が言った。うわあ。かわりばえしないなあ。

「秘密の共有によって買収されるほど安くないよ、僕は。いくら真崎君が恰好《かっこう》つけたいからって。いいじゃないですか、一見それが失恋めいたものだろうと、いまのきみが浮かれていようと、ありのままに面白がればさ。明日の一万五千人と僕には、バレてしまうだろうけど、それくらいなら可愛いものだし」

「畜生、こいつお喋《しゃべ》りで面倒くせえ」

マヒロめんどくせえ、と彼が毒づく。はは、と僕は笑う。

「真崎君、新しい恋をすれば、なにもかも解決するよ」

明後日《あさって》から。

明後日からでいいよ。

せいぜいそれまでは僕も口をつぐんでいてあげられるし。

「こういう家庭的な味覚の威力に不意を突かれてノックアウトされてしまう真崎桐哉って、可愛いですよ」

特にこの、反復使用を前提としたプラスティックの楊枝。ファンシーな色彩のさ。

こういう無作為なアイテムの引力に、きみは悲しくなるだろうな。

「ほんとおまえ面倒くせえ。そんなに小姑《こじゅうと》くさかったっけ?」

「後遺症だよ。けっこう長期間、真崎君と一緒にいたから。いずれ消える種類の病だと思うけど」

「ふうん」

きみの瞳が宙をうろついて、例の手拍子が叩きだすシンコペーションの暗号を思い起こす。僕の眼《め》も、その飛び飛びの休符の位置を見ることができる。きみのすべてを知っているなんて馬鹿げた自惚《うぬぼ》れは決してできない。僕はその休符だけを読み取って、あとは歌を待つんだ。僕の知らない、歌を。

シークレット・フラワーズ
visions of radiants

[side A]
- living on a klaxon -

三和音。

Cメジャー・トライアド。

ドとミとソの白鍵で鳴らす。いちじるしくシンプルな、和音《コード》。

わざわざ好きだなんてあらためて言うには勇気が要《い》る。

基本中の基本すぎて、日常的には死角になりがちなファクター。

なのに、ときおり知らぬ間にそこに立ち戻る習性を、自覚する。

本能に近い、必然性だとか。

宿業、カルマ。そんな単語が似合う。

（機械仕掛けの鍵盤に通電して、持続音でいつまでも鳴らしつづける）

（これがアコースティック・ピアノだったら、打鍵した瞬間から音の減衰《げんすい》が始まる）

（だけど、かたくなに減衰を拒んで禁じる、電力。鍵盤がおりているかぎり鳴りつづけろと命令する、不自然な電気信号）

（ねえ坂本《さかもと》君。どうして僕ら、こっちの音を選んでるんだろうね）

——ねえ坂本君。

どこかから藤谷《ふじたに》さんが呼んだ気がして、ヘッドホンをずらして確認した。

照明の量の増減《テスト》をくりかえす、開場前のホールの舞台上にはついさっき楽器がセッティングされたばかりで、サウンドチェックにはまだ早い時間で、鍵盤前に静止している人間は俺ひとりしかいない。舞台上も下も、街中の往来みたいにざわついて、個別に誰かの顔を判別したり声を聞きわけたりするのは億劫《おっくう》になる。

ヘッドホンをはずしたとたんに、むきだしの木材と塗料の匂いの強くなったような錯覚が来る。聴覚と五感のムダな連結が、めんどうくさい。

自分が見世物小屋の舞台なんかに立つ適性がある人間かと考えれば、そもそも考える余地もなく向いてない。不特定多数から放散される期待の熱量だとか、金を払った観客ならではの貪欲さだとか。そういうジャンルの対応、得意なわけがない。

サーカスで綱渡りをしてみせるピエロ的なふるまいに必須のサービス精神は、あきらかに生まれつき欠如してる。

(なら、やめたいかっていうと、そうでもない)

この場所をだれかに譲る気は、毛頭なかった。

自分でも、そこの理屈がおかしいと思う。

説明しにくい執着だけはある。

他人が俺を追い出して俺のポジションを奪ったら、たぶん憤怒で内臓が潰れる。

みっともなくても、しがみつかずにいられない衝動がある。

「どした一至《かずし》。フリーズして」

通りすがった上山源司《かみやまげんじ》に、めざとく言われた。

内側を見透かされて不本意。

見た目だけで他人の心境を百パーセント推察できやしないのに、開票率一パーセントで当確マークを出す選挙結果みたいに数学的に人間の内面をきめつけられると、納得できない。(けど、うっかり情報開示してたのは俺のほうなんだろう)

「俺の問題じゃなくて、俺に用があるはずの藤谷さんが見当たらないんだけど。また逃げ隠れして客席のどっかで寝てる?」

「あー。かもしんねえなー。『迷子のお呼び出し放送』するか?」

「べつに……アレンジの最終的な選択に迷ってたのは

俺じゃなくて藤谷さんだから、逃げてるなら俺だけで決めても俺はいいけど」

「そっか。サクッと探して伝えとくわ」

「過保護じゃないの、それ」

「ん。だがなあ、俺らにできる過保護の範囲って、狭いぞ。どのみち、おまえらがどんな苦労しようと知ったこっちゃなしでステージに上げて、マナイタに鯉《こい》を載っけちまって、お客にドーゾと食わせるまでが俺らの仕事だしな」

「まあ、そうだけど」

ストレートな正論。

（マネージャー上山源司、プロの商売人でありつつ、嘘《うそ》が最小限だから助かる）

ただ、ステージに上がるのは全面的に自業自得だと思った。

このバンドの人間に関しては、だれひとりとして同情する必要がない。

みんな、人間としては、なにかが途轍《とてつ》もなく、まちがっている。

（なので昨今、開演を前にして藤谷さんが地味に逃亡する理由も、わからないとは言わない。容認も同情もしないけど）

左手で、ドミソのトライアド。人工の加工音。ガラス細工の架空の残響《リバーブ》、集積回路で捏造《ねつぞう》して。

傾斜の急な階段で手すりをつかむときの要領で。自分を支えるためのエゴイスティックな持続音、アナログシンセで鳴らす。

海中の酸素。

生命に、必須の養分、みたいに。

グリッサンド。

高音へ。

頂点へ。

左から右へ、かけあがる。

さがす。

確実な光源を。

（それでも、やっぱり容易には最高記録に到達しないという現実）

あいかわらず、あの音に勝ててない。

あのピアノ。

（――右端で小さく瞬《またた》く鍵盤、きらきらと）

グランドピアノの右端《ランズ・エンド》、やわらかな。

黄金律。

理想《イデア》。

（――そこは　海の　はじまり）

その鍵盤を弾いた当人であるところの藤谷ナオキさえ、いまだに、もてあましてる。

完全無欠に、鳴りすぎた。

（だからって、それっきりで音楽人生を終わりにはできない。晴れがましい記念写真を撮っても、そこから先も生きていくから）

一瞬の奇蹟《きせき》の音が鳴っても、その翌日も。


生業《なりわい》としての音楽は、日常的につづいていくのが厄介。

生活としての旅《ツアー》が、つづいていく。

そんな無茶な構造の、毎日。

折り合いは、つかない。

つかないまま、無根拠な楽観主義と妥協も含め、過去の荷物をひきずって生きる。

それが人間の実相というやつなのかなと、思ってもみる。

「どうしたの。おまえだけ宿題中？」

下手《しもて》からステージに上がってきた高岡尚《たかおかしょう》、キーボードラックごしに、こっちに訊《き》いた。

慢性的な手持ち無沙汰が昂《こう》じて、掌《てのひら》のなかでセルロイドのピック弄《もてあそ》んで。

どの程度の病識が当事者にあるか知らないけど、依存症の典型。

ギター中毒《ホリック》。主に、ギター。

依存対象は、楽器だけにかぎらない。

（俺自身にとって、かけらも他人事《ひとごと》じゃない症状。類似性の穴のムジナ）

俺の宿題じゃなくて藤谷さんの、と俺は答える。先刻の上山源司あての説明をリピートする。ああなるほどねと頷《うなず》いて、ギタリスト、暗い客席全体を見渡した。

つまり今日は高岡尚も、藤谷さんの居場所を知らない。そのうえで、暇《ひま》。

「あのひと最近、いっそう隠れかたが巧妙になってるよね？　あんまり、傍《はた》迷惑な種類のスキル、よけいに身につけないでほしい」

「俺も最近は、本気で探してないけどね」

「それ何？　いざとなれば、あんたが本気出してどうにかするって話？」

「いや、ちがうでしょ。俺もあいつの専属マネージャーなどではないし」

そんな偏向した自負心めいたものはカッコワルイでしょうと高岡尚が言う。

よくわからない。

カッコイイとかワルイとか、実際そんなに関係ないんじゃないの。

しょせん俺とあんたの閉鎖された会話。無知な聴衆はいない。お節介な解説者もいない。

自意識の介在に、たいして意味がない。

「藤谷君も、昔ほど手に負えない行方《ゆくえ》知れずの鉄砲玉じゃないから。曲がってた根っこが、じょじょに改善されてきたので」

「でも結局、周りの人間に迷惑は及ぼしてるんだけど、そこも許せるの？」

「俺の打算の成り立つ範囲で」

「打算なんかの入る隙間あるの？」

「あたりまえでしょ。自分サイドに許されたい負い目があるときは、相手を許して引き分け《バーター》に持ちこみたがるのが、人間の常でしょ」

「一見オトナぶった論理ふりかざされても、ぜんぜんリアリティ濃く聞こえないし、その規定路線はさっさと脱却したほうがラクな気がする」

「きみもナマイキなオトナになったよね」

高岡尚にしみじみと言われた。

嬉《うれ》しくはない。

俺の性格はろくに変わらないし、大人というやつにも片足しか踏みこんでない。

（オトナじゃない、と言うのは単なる責任逃れになるから我慢する。藤谷さんでさえ、オトナの看板は掲げてみせるわけだし）

「そんなことより」

そんなこと呼ばわりして、あえて雑に、横に捨てて。

議題の、優先順位を考える。直近の課題と、個人的欲求。

「暇だったらギター弾いてよ」

「いきなり、おまえは何を言っているの」

俺の発言の唐突さに、高岡尚、まともに吹きだして苦笑いをする。

「この期に及んで西条朱音《さいじょうあかね》さんの代弁者なの」

「そうじゃなくて」

冗談や軽口を言ったつもりはなくて。

「俺とあんたで不明瞭な日本語の着地点を論じてるより、よっぽど生産的だと思うけど」

「おまえは要するに、俺に『高岡はめんどうくさいから黙れ』と言いたいんじゃないの」

「それ以前の話で、あんたのギターが鳴ってると俺の作業がやりやすい」

「ああ。実務上？」

「新曲のライブ用のアレンジ、藤谷さんが『まだ鍵盤のかぶせかたが気に入らない。もっといいアイデア持ってくる』って言いっぱなしで保留《ペンディング》にされてるから。

俺としてはサウンドチェック前に早く最終形態を決めて落ちつきたいし。あのひとが逃げてるなら、俺の独断だけで仕上げる権利はある」

「新曲って、どっちの?」

「『secret flowers』のほう。イントロ十六小節」

「ちょっと待って……ええと」

頭のなかで記憶を整理する表情をして、高岡尚、ひとつ深い溜め息をつく。

一拍目からギターの声高なリフに占拠《せんきょ》される十六小節。

土壇場のアレンジ変更で迷惑をかけられるギタリストの訴えは、予測可能。

言いたい内容は予測できたけど。

うんざりして高岡尚が一回、視線を上に浮かした。

それから、大股でずかずか俺の鍵盤ラックの内側まで来て、重大事項を告知するみたいに俺の膝の位置にしゃがんで、

「あのなあ、おまえら、その手で毎回バンドのギタリストに『ドッキリ』仕掛けるのやめない? そろそろ全力のゲンコツが出ますよ?」

予測以上に、すごまれた。

かなり、俺が責任とれる範疇《はんちゅう》の外側の、とばっちりを喰《く》らってると思った。

「この件の犯人は、俺じゃないし」

「ふざけんな。おまえもれっきとした共犯だよ。おまえらが本番いきなり違う音をぶつけてきたおかげで万一もしもギター屋がステージで立ち往生したら、どうしてくれるの」

「でも、あんたはいままで立ち往生したことないよね?」

劣勢《れっせい》で焦《あせ》って、切り返しに失敗した。馬鹿《ばか》なことを言った。

「俺もプロなのでわかりやすく顔に出したりはしませんが、じつは俺の寿命とひきかえに薄氷を踏む思いで毎度きりぬけているの。あと、そういう『高岡君はいままで死んだことないから殺しても不死身だよね』系

の、フワフワした迷言を吐く馬鹿な子は、バンド内に藤谷ひとりで充分です。むしろ、ひとりもいなくていいので」

「ごめんなさい」

　反省して率直に謝ったものの、すぐ謝るところまで含めて藤谷さんがよくやる悪いタイプの話運びと相似形になっていて、我ながらガッカリする。

「どうせ鍵盤だけの修正じゃ済まなくて、本番になったら手癖のよくないベーシストがアドリブで遊びまわってくれるんでしょう」

「それは、俺も危惧《きぐ》してた」

「あの男は泣かさないとダメかもね」

　高岡尚が真顔でつぶやいて、俺の横から立ちあがった。

　藤谷さんなんか、けっこう簡単に泣きそうだから、そこをめざしても達成感があるのか不明。

「監督、いまから数分間、ステージうるさくしててもいい？」

　ステージのへりに行って、近くにいた舞台監督に、高岡尚が声をかける。

「高岡はいつもフルボリュームでウルサイじゃん。いろんな意味で」

「濡《ぬ》れ衣《ぎぬ》です。本当の俺は、つつましく平和を愛する小市民なの」

「よく言うよ」

　よく言うよ。おそらく、テン・ブランク関係者一同の総意。

（……ねえ坂本君、どうして僕ら）

　どうして、俺の鍵盤は電気信号で。

　どうして、いま俺と藤谷さんが結託して造るべき音は。

（このバンドに必要なのは、減衰するピアニシモじゃなく）

　その理由も明白。

至極単純な元凶は、最初から。

身ひとつで庇わず剣呑《けんのん》に物騒にいらだって最前線に切りこんでいくギター。

後先、考えず。

高速。

むきだしの鉄線で、擦過傷《さっかしょう》。痛覚を殴打《おうだ》。

（黙らせても黙らない快楽物質のカッティング。拮抗《きっこう》する、野蛮な電気で、殴りかえせ）

ギターテックの伊澤《いさわ》さんから受けとった真珠色のメインギター。

ストラップかけて、凶状持ちのギタリスト、さらりと、あまり気負わずに弾きだす。散歩にでかける気軽さで、いきなり大量殺戮《さつりく》の狼煙《のろし》に火。

まだＰＡで整えてない無造作な大音量で、旋律の真ん中をなぞるリフ。

からっぽの客席とステージ全体に、水温の高い潮流みたいに、ぐるっと巡らせる。

見落としがちな何かを拾っては、律儀に暴く。つきつける。教える。全世界に公開。

クラクション。

レッド・アラート。

あらゆる隠蔽を告発する。

抉《えぐ》る。

六弦で。

肉厚な刃で。

（だけど事前の想定と、このごろの高岡尚の出してくる音色《おんしょく》、微妙なズレがある。だから、藤谷さんは新しい作戦で勝ちたくなってる）

刃物ではあるけど。

（誰彼かまわず斬るのやめたの？）

指向性が加わったから。

的《ターゲット》を選んでる。

レーザーの直撃した箇所が焦げても、その一点を除けば被害がない。そんなふうに。

あんたには、あんまり、そこで器用になられるとイヤだなと考えてしまうのは、俺の対抗心なのか懐古趣味なのか。

（人間の本質、そうドラスティックに変わりはしない）

ただ、わずかに他人を肯定する感じ、だとか。

ちいさくこぼれた光の粒子を逃さないで掌で掬《すく》いあげるような、音が。

俺の耳にまで紛れこんでくるのって、どうなのか、と思う。

聴いていて恥ずかしい。

「うわ、待って！　ごめんなさい、待って！　この状況は看過《かんか》できないよ！　キャプテン藤谷も参加させてください！」

両手あげて、文字どおり降参してる状態で、どこからともなく藤谷さんがステージに上がってきた。客席に隠れて寝ていた気配が濃厚。

「ねえ高岡君、そのギターひどいよ！　ものすごい威力の目覚ましだよ！　照れくさいよ！」

「あなたの起床のためには弾いていませんよ」

「その音、かっこよすぎるよ、エリック・クラプトンの『Layla《レイラ》』並みだよ。ギター弾く人って、恋愛の発露《はつろ》のやりかたが卑怯《ひきょう》だよね！」

「藤谷君は、いいギターが聴ければ演奏者のプライベートはどうでもいいんでしょ」

「どうでもよくないよ！　俺は、意外と根掘り葉掘りしたがるタイプだから」

そうだよね、と藤谷さんが俺にむかって無意味に同意を求める。

俺に訊いてどうすんの。

そんな分野の話、興味ないし。

（恋愛の発露？　やめてよ）

あんたの個人的な隙だとか油断、いまさら聞いてられないからやめてよ。

「おまえも露骨に顔に出す子だね」

高岡尚に言われた。まあ、自覚はある。

「……自分の親の生々しい恋愛沙汰とか、わざわざ聞きたくないのに似てる。耳に入ってきても、対応できないし、困る」

「それは坂本君が高岡君のファンだからだよ。坂本君が思ってるほど、このひと尊敬に値するオトナじゃないよ！」

藤谷さんが総合的に大暴投な発言をしてくれて、俺は呆《あき》れすぎて唖然《あぜん》とする。

指摘内容の検証はさておき、とっさに「あんたが言うな」のセリフ百万回ぶんを圧縮して一個のデータにまとめて藤谷さんに投げつけたくなる。

「殴っとけば？」

とりあえず高岡尚に提案した。そうねえ、と高岡尚が答えた。

「俺の心の通帳に記載しておきます。雪だるま式に利息をつけますよ」

「高岡君はさ、俺に対する言い分を、粛々と心に貯蓄しすぎだよ。もっと浪費してもいいよ。堅実すぎる人生設計って、つまんないよ」

「ちなみに俺も、藤谷君が思っているとおりの人間ではないよ」

「そうなの？　それって僕には良いニュースなのかな、悪いニュースなのかな？」

「教えてあげません」

「言っとこうよ。たまには勢いにまかせて僕の前で馬脚あらわしても損はないよ！」

「多重の損失しか発生しねえに決まってんだろ！」

やくざな口調で怒鳴りつけて（この程度の爆撃なら、藤谷さんには日常茶飯事）、高岡尚、メインギターのネックを握りなおす。

固い地盤みたいな基本中の基本のコード進行、トニック・コードから、循環する。

Ｃメジャー・トライアドから変遷《へんせん》して、Ｃメジャー・トライアドに帰る。

（策を弄《ろう》するまでもなく基本）

そういうことなら。

装飾ゼロの白鍵。

どう弾けばいいかは俺にもわかるし。

通電した俺の鍵盤《シンセ》、和音の水流を追いかけて、動く。

浅瀬に元から棲息《せいそく》する川魚、すばしっこい鱗《うろこ》の透《す》ける音色で、銀の光、はねかえす。

泳ぐ。

それ以外に選択肢がない、一本道で。

ギターにひっぱられたまま、連れてかれて。

（即興演奏《インプロヴィゼーション》にしては美しすぎる着地）

負けていて悔しい。

でもいいんじゃないのこれで。

「あれっ。もう新しいイントロアレンジ完成しちゃったんですか？」

ステージ上の音、聴きつけたらしい西条が、下手の袖から顔のぞかせて尋ねた。

「えっ」

完成してないよ、と言いかけた藤谷さんが、見るからに困って、三秒くらい黙った。

複雑な顔して、俺とギタリストを見比べた。

どっちに話しかけるか迷ったあげく、高岡尚に訊いた。その人選の時点で、もはや完膚なきまでに敗北が決定してる。

「まさか僕のこと仲間はずれにしないよね？」

「さあ？」

ギターをおろしてスタンドに置いて、高岡尚が愉快そうに答えた。

[side B]

- the roses from nowhere -

きみたちに隠してることなら、いくつかある。

僕の家に居ついた猫の名前だとか。

知りたがっても教えない。

黙秘を貫く。

（意地悪をしたいわけじゃないし、ましてや、きみたちに心を閉ざしてるんでもない）

ささやかな悪戯《いたずら》、あるいは、幼児的な甘えみたいなもの。

＊＊＊

心を閉ざしているつもりはない、というか閉ざしてちゃ歌なんて歌えない、
僕の手の内の、なにもかもを提出しなけりゃ終わらない一夜の眩《まぶ》しいステージ、僕らが好きこのんで刻む性急なリズム、自分から望んで披瀝《ひれき》する僕の内臓、ひとかけらも手元に残さず客席に注ぎこむ僕の歌、僕が持ちあわせているすべての音符と魔力、全面的に捧げながら全速力で海原を航行、僕らの旅はつづく、今夜も明日も次の日もまた。

ときどき厭気《いやけ》がさすのは、ともすれば疲弊を訴える僕の右脚だったり、強靭《きょうじん》さの足りない僕の声帯に対しての感情で。

持っている財産よりも持っていない宝箱のことを考えがちな、僕の、貧しい精神。

ねえ、臆病な僕の背中を押してくれる？

そう口に出すのは我慢したい。

これは秘密主義じゃないよ、せめてもの矜持《きょうじ》にしたいんだ。

（ステージはまるで夜の海を航行する筏《いかだ》だと、彼女が言う。そして船長は僕だと）
（きみたちにわかるかなあ、僕にとってその任命が、女王陛下の勲章《くんしょう》より誇らしいという事実）
沸点とピリオドに近づく僕らの企《たくら》み、
歓声の荒波をこえて到達させる、ひきしぼった弦の痺《しび》れ、
ふと脳髄に襲来する甘い糖蜜、
火傷《やけど》と、
眩暈《めまい》、
からまりあって渾然《こんぜん》と、僕ら四人の個々のベクトル、光のなかできわだつ、
幸福の極点における眩暈、
（いつまでも終わらなければいいのにね）
無理な願望をいつも消せずに。現実世界なんかどうでもいいんだけどな、なんて一瞬。もちろんそんなの絶対にダメだよ。生きて現実に帰還しなくちゃ次の旅にもでかけられない。だから僕にとどめをさす劇薬みたいなベースライン、怠けずに遅れずに自分の手で弾いて、きみたちの呼吸に耳をすまして、八分音符のアタックを合わせるんだ。
「どうもありがとう。またね。おやすみなさい」
スタンドのボーカルマイクに、余熱の一言を、かろうじて吹きこんで。
それから。

＊＊＊

急勾配、斜めに滑落する景色。
16ビートで処理。
藍色の湖に、空洞をこじあける満月の光。
けっして調和的ではなく。
静物画のようでいて一触即発な感じがいいんだ。
眠れない夜明け前みたいな。

予感と前兆。

そんな音色が欲しいんだ、わかる？

「だいたいは、わかる。でも」

でも、と、だれかが言って、だれだろうと思って顔をあげてよく見てみると坂本一至なんだ。あれ、ほんとうかな、と僕が疑ってしまうのは、きみの言葉が疑わしいからじゃなくて、僕ときたら眠っている間にもよくこんな会話を夢で見るから。

ほんとうに実際に起きていることなのかなと疑う気持ちは、シャボン玉が壊れるのを怖がる気持ちと似てる。

「その感じ、鍵盤からのアプローチだけで構築するのはもったいないと思う」

「ああ。そうか。どうしよう」

「弾いてもらったら？　ギター」

「えっ。今日は高岡君いるんだっけ」

「台所にいるけど」

そうなの？　困ったな。

前後不覚にも程がある。なにもかも、よくわからないんだ。いまがいつなのか、僕には皆目わからないし、きみたちが僕の家にいるのが正しいのかどうかも、わかっちゃいないんだ。

「どうしたの」

台所からリビングへ、タオルで手を拭きながら高岡尚が出てきて、自動食器洗い機は完全に壊れているという話をする。復旧は諦めて、粗大ゴミの日に廃棄するべきだと。台所まわりのできごとに関する判断なら、きみの言い分に反論できるはずがない。ねえ、それより。

それより僕ら、
それより、

（ちがうな。たぶんこれは）

やっぱり、
夢だよ。

＊＊＊

なかなか痛い夢を見て、一目散に夢から逃げだすように目を覚ました。

気がついたときは奇妙に明るい控え室の隅のベンチ（この寝心地は憶《おぼ》えている。開演前にも同じベンチで寝ていたから）に横になっていて、慌てて起きあがったとたん、チーフ・マネージャーの源司さんに叱《しか》られた。

「こらあっ。センセイ、あんた罰ゲームな。『心配かけてスミマセン』つって、スタッフとバンド全員に頭下げてまわれ」

「ええ？　嘘だよね？」

困ったな。

控え室に源司さん以外の人がいなくて、おかげでギタリストのシビアな追及を免れて安堵《あんど》する気分と、いまだに夢のつづきみたいでゆらゆらする不安。

「今日は、あんたしか倒れてねえぞ。アカネだってピンピンしてっぞ」

「嘘。やめてよ。僕も元気溌剌《はつらつ》だよ！　ちょっとした立ちくらみだよね？」

「口先だけでムダな抵抗すんな。小一時間ぶっ潰れてたぞ。どうせまた、あんま寝てなかったろ。そういうコンディションで舞台に出るのやめてくれや。マジで、みんなが肝を冷やすからな」

「でもさ、口先でもムダな抵抗くらいしないと、自分で自分が許せないよ」

「自然に逆らってまで自分で許さなくてもいいんじゃねーか？　あんたが反省してみせりゃ、あんたをゆるす他人がちゃんといるだろ」

冷えたスポーツドリンク渡してくれながら、源司さんが優しく言う。

目の前の現実に逆らわないで正しく対処する、そのスタンスに憧れる。

僕にはまだ、程遠くて、悲しい。

「ねえ源司さん、僕、現状において、まちがいなく幸せなんだけどさ……僕の家のなかが寂しいって言ったら罰が当たるかな？」

「ん？　そうか？　んじゃ早くカノジョ作れ」

「ちょっと待ってよ、なんか短絡的だよそれ」

「ポケットの裏の裏をひっくり返してみつかる幸せもいいけどな、同時にフツーの王道の幸せゲットしたって、ぜんぜんルール違反じゃねえぞ。いつまでもフラれっぱなしで止まってたんじゃ、あんたの青春がもったいねえだろ」

「僕につきあってくれる子なんかいないよ」

「意外と近くにいるんじゃねえかなあ」

「源司さんとだったら結婚したいけどさ」

「アホかい。俺ぁ、あれだ、個人的にあんたにプッシュしたいのは、日野《ひの》ヒビキ」

「ええ!?　日野ヒビキって、あくまでビジネスの相手だよ、ありえないよ！」

ありえないよと言い終わる一拍前、控え室のドアが、ノックされたというより、ドカンバタンと体当たりされた感じに鳴って、源司さんが行くより先に、勝手に開いた。

真っ赤な花の山が、入ってきた。

女の子ひとりの腕で抱えるには巨大すぎて難儀な、真紅の薔薇《ばら》（花の種類に疎い僕でさえ薔薇くらいはわかる）だけでこしらえた花束、
なぜか、抱えてきたのは花屋さんじゃなく、当の日野ヒビキ（帽子と伊達《だて》眼鏡で変装済み）で、しかも僕らを睨《にら》んで憤然と言う。

「べつにヒビキからのお花じゃないですから！　真崎《しんざき》桐哉《とうや》さんが、藤谷さんにお見舞いのお花を渡せって、むりやりヒビキに持たせて、自分はすぐ帰っちゃって！」

「あ、そうか、ごめんね。桐哉って、目の前にいる女の子を困らせるためには、けっこうなんでもやるんだよね」

「似てますよね！」

「え、だれと？」

「あとヒビキにも選ぶ権利あるんで。そっちだけ、上から目線で『アリエナイ』とか言いきるの、かなり失礼じゃないですか」

「ああ。聞こえてたんだ。すみません……」

「十年後にヒビキがたまたまフリーだったら、そのとき検討しなくもないです！」

ぷりぷり怒ったまんま、日野ヒビキが宣言して、どさっと大量の花を源司さんに渡した。

源司さんが、表情を決めがたい様子で口元を曖昧に動かしていたけど、最終的に堪《こら》えきらずに「ヒヒヒヒ」と笑いだした。こんな僕の窮状、娯楽の対象にするなんて、ひどいなあ。

「僕だって知らないよ、十年後なんか！　そのころには三回くらい離婚して慰謝料ばっかり払ってるかもしれないし！」

自棄《やけ》になって言ったら、「うっかり実現しそうだからやめろ」と、源司さんの平手に頭を叩《たた》かれた。

R&R IS NO DEAD

radio gaga
cut.1

藤谷《ふじたに》「全国のラジオの付近の皆さんこんばんはテン・ブランクの藤谷直季《なおき》です。ところで僕のバンドの構成人数なんですけど実は全部で四人いたんです」
高岡《たかおか》「それは『実は』ともったいつけて切り出すテンションじゃなくちゃ言えないことなの？」
藤谷「そうだよ。だって高確率で高岡君ばっかり『ラジオのお兄さん』やってるんだよ。すみません！　本当はこの番組に出ていい人は四人いるんです！　なので今日は俺も出してください！」
高岡「俺のことを『お歌のお兄さん』のように安全そうに呼ばないでください」
藤谷「ああそうだ高岡君て絶対安全剃刀《かみそり》じゃないんだ。シンプルに剃刀だ」
坂本《さかもと》「逆に、どうして今日は全員そろったの？」
高岡「逆にしなくても、そろわなければいけないの。前提として」
藤谷「そうだよテン・ブランクの番組なんだよこれ。他人事《ひとごと》じゃないんだよ」
高岡「おまえが威張るな。おまえに言ってるんです」
藤谷「安全じゃない人に叱《しか》られました。あれだねえ、ラジオ楽しいね」
高岡「楽しい？　よかったね」

藤谷「基本テン・ブランクはなんでも楽しいけどラジオも楽しいね」
高岡「だったらもっと出席して。マメに。毎週ちゃんと遅刻しないで笑顔で来て」
藤谷「そうだよねえ、まず打席に立たないとホームランも打てないもんね。でもね俺この番組のジングルは作曲しました、知ってた？」
高岡「知ってます。そのかっこいいジングルのギター弾いた人なので」
藤谷「はい、ちょっと待って！　打席に立ってても喋《しゃべ》らなかったら、そこにいるかどうかわからないよこれラジオだから！　黙ってる人は喋って！　全員参加して！」
坂本「主にあんたのせいで、こっちが話しだすきっかけがつかめない」
西条《さいじょう》「テン・ブランクのドラムの西条朱音《あかね》です」
藤谷「うわほら、今あれだよ、リスナーの人に朱音ちゃんが突然出現したと思われた、机のひきだしから」
高岡「どこの机のひきだし？」
坂本「常識的に野比《のび》のび太《た》の机だと思う」
藤谷「坂本君が正解だけど常識かどうかは僕にもわからないなあ」
高岡「ドラムの西条だけに。……やめて、俺にこういうベタなフリをさせないで」
西条「ぼく、ドラ……ムえもん……だよ」
坂本「かなりきつい」
藤谷「ドラメモン……！　僕そういうの好き。バッタモン系」

西条「西条なりにすごい頑張ったんですけど!!」
高岡「西条さんは頑張りました。たいがい藤谷君が悪いんです。通例として」
藤谷「でもさ、約束を守るとホッとするよね？」
高岡「『お約束』と『約束』を故意に混同しちゃダメなの」
藤谷「あ、レコーディングどうですか？」
高岡「何が？」
藤谷「テン・ブランクの近況などを語るって、ここの台本に書いてあるから」
坂本「本当に、藤谷さんはこういう無駄な嘘《うそ》を平気で言うよね」
藤谷「僕は言うよねえ。どうせ瞬時に突っこまれるのにねえ。なんでだろう？」
高岡「構ってほしいからでしょ、我々に」
藤谷「うわあ。かわいそうな人だ。実際に構ってもらえてるからオッケーだけど」
西条「近況というか、ちょっとバンド内でブームなのはギターかなと思います」
藤谷「そうだ。ギターブーム来てる。朱音ちゃんはアコギ練習してるよね。僕がたくらんでるのは、坂本君をギターキッズっぽくすること」
坂本「それによって、どういう得があるの？　めざましく俺の性格が変わったりするの？」
高岡「めざましく変わりたいの？」
坂本「そうでもない……というか……ありえない」

藤谷「でも坂本君も、ちょこちょこ弾いてるよね。嫌いじゃないよねギター」
坂本「エレアコは好きだけど。俺にパンクとか期待されると困る」
藤谷「じゃあ一曲のなかでギター四本鳴ってたっていいよね？」
西条「四？　なんですぐその数になるかな。途中はないのかな」
高岡「いいよねと訊《き》かれても、できるならやってみやがれとしか俺からは言えないね」
藤谷「ほんとに？　作曲しちゃうよ今」
坂本「誰か適当にブレーキ踏んどいてよ、この人の」
西条「誰かって？」
高岡「誰が？」

Roots

無価値な
断崖の　無人の
切り立った　無名の
岩の合間にどうして　無言で
咲いたんだ　その花のことを　きみも知っている？

意外と喋《しゃべ》るよね。

そう言われる。

高岡《たかおか》君は、見た目のイメージよりも、口数が多いよね。

そんなことをよく言われる。

ラジオとか、嫌いかと思ったけど、ずいぶん高岡君が話してるんだねえ。

それは、まあ、話さない人が若干名いるので仕方ないんですけどね。

いつの間にか、役割分担が決まって。否応《いやおう》なく。

「俺は寡黙な哲人のイメージなの？」

「んにゃ、フツーに怖がられてんだろ。タカオカは、顔が怖いかんな？」

コワモテの敏腕マネージャーが真顔でそんな金言を吐く。

「顔なんだ」

ちょっと笑えた。

「高岡さんのはそういう次元の問題じゃなくて人格が全体的に怖いんだけど」

「おまえは本人の目を見ないで遠巻きに何を言ってんの」

「だからそういう、弱点突いた言い方をするところが怖がられる理由だと俺は思った」

「ふうん。坂本《さかもと》君はその部分を改善してほしいですか？」

「しょうがないんじゃないの？　そこは高岡さんの宿業なんじゃないの？」

「理解してくれてありがとう」

「しょうがないと諦めただけで、プラスに評価したわけでもないけど」

「知ってます」

　優しくされたい（glass heartの持ち主であるところの）青少年に優しくしないのはなぜかというと青少年って扱いづらいからね。

　うかつに他人の人格形成に関与すると一生ひきずるからね。

　めんどうくさい。

　荷が重い。

（意外と？　当然？　冷たいですよ）

露呈したくないけれども、バレる。

顔に出る。

　そこそこ無害そうに喋ってみるのは、せめてもの埋め合わせとか、保身で。

　いちおう、人としての良心はさわぐので、一見オトナのように取り繕ったりはね。

「でもそこの高岡君のカルマだけどさ、昔よりは、安全剃刀《かみそり》になってきてるよ」

「藤谷《ふじたに》君がそう思って油断していたら、グサリとやるでしょう」

「嘘《うそ》。そういうのはギターの音だけにしとこうよ、人間同士の友情は健康にやってこうよ」

「健康ねえ。あなたに言われてもねえ」

「俺も言いにくいけど、ほんとに僕は高岡君には幸せになってほしいんだよね」

　幸せって何。

こいつ馬鹿《ばか》だな。

と、毎度のことながら、思う。

「むしろ俺の幸不幸に介在しようとするのをやめてくれる？」

などと答える自分の反射神経が、あまり、どちらかというと、好きにはなれない。

　間違ったんだ
居場所を　選び損なったんだ
種を落とし　芽吹いた　場所は　誤ったんだ
「そんなつもりじゃなかった」あるいは
「シェイクスピア的な悲劇」生きるか死ぬかそれが
問題だ　問題だった
断崖のその先に　絶壁のその頂に　一輪の
蕾《つぼみ》を見て　指をさして　神様が「やりなおせ」
と
　慈悲深く　忠告してくれたとしても　手遅れ
だった

だからさ。

幸せって何？　と露骨に口に出したりはしないで、うまくやりすごして。

そう、やりすごすスキルは歳《とし》と共に身につくから。

音楽の鳴らない時間はそうして、無害な人間のふりをするだけ。

（しかも悪いことに舌が肥えて、不味《まず》い音は喰《く》いたがらない。その結果、自分の首を絞めていく）

二回、三回、スネアとタム、不規則に鳴る。生きた兎《うさぎ》の跳ねる真似《まね》のような。

けっこう癪《しゃく》に障る、太鼓。

リハーサル・スタジオの全体に蔓延《まんえん》する。

この女に手を出す勇気なんて最初から最後までないですよ。

おそろしくて無理でしょ。

（蚊帳の外にいないと、一瞬でギターが死ぬ）

才能のあるギタリストなら違っていたかも。

仮定の話。

自惚《うぬぼ》れたギターが弾けていたら多少は人生が違っていたかも。

まあ、でも、天才って言葉、食傷気味なので。

もういいよって気分で。

「あのさ、朱音《あかね》ちゃんバスドラをゆっくりめで、四拍子で、続けて聴かせてください。時間あるから、こっそり作曲しちゃおう」

「ゆっくりめで。60くらい？」

「バスはゆっくりだけど両手はこれからひっぱたくテンションで用意してて」

「え、これから暴力なんですか」

「ひっぱたきたくない？　朱音ちゃんは両手どう使いたい？」

「んんー。汚れた窓を拭いたら気持ちいいとか、そういう……」

「わかったわかったわかった！　大掃除してスッキリしよう、それだ！」

太鼓の熱量と合わせたベースが下から、傍若無人に五線に置き石をするので、そうなると狭い檻《おり》で囲われたも同然で、ギターの鳴る隙間をさがしだして旋律に噛《か》みつかないと。

オトナゲなく、無茶に鳴らないと。生きないから。

腕ずくで割りこんで鳴らす。

「嘘。こっちは大掃除してるのに、俺の背中に高岡君が缶でペンキぶつけたみたい」

「俺も構ってほしいのよ」

「嘘だよ、きみはそんなこと考えてないよ、ちゃんと『ざまあみろ』って聞こえたよ」

「ダメ？」

「なんか腹立つけどさ、かっこよかったからギターのリフはそれでお願いします」

「採用されてよかったです」

「高岡君ってさあ……」

「何」

「うん。たぶん、おそらくなんだけど、リフが決まったときは文句なしに幸せそうだよね」

「予防線ひかなくても、あたりまえに、そうですが何か？」

根を張って
深く細密に地下水脈に根を　届かせて
花は青く　咲いて　咲いた
間違った場所に
間違った時間に

根を張ったって　いいんだ　かまうもんか！
無言で
硬い岩の合間　瘦せた土から　潮騒に
無名の　僕らの一輪の
花なら
きみが知っている　そのことを知っている

radio gaga
cut.2

藤谷「僕このまえ迷子になったんですけど」
坂本「どの『このまえ』？」
高岡「日常茶飯事だからね」
藤谷「作曲中だったから歩きながら歌ってたんだよね」
西条「どこで？」
藤谷「おおむね原宿《はらじゅく》駅のホームで」
坂本「『おおむね』？」
藤谷「おおむねっていうのは、ふと見たら山手線《やまのて》が来てたから、一瞬乗車してみたんだよね。でも一瞬でホームに降ろされたの。親切な人に『あなたの家の最寄り駅はこの駅ですよ！』って教えられて」
坂本「歌ってる不審人物が迷惑だから押し戻されただけじゃないの？」
藤谷「僕は世の中には優しい人が多いなあと思いました。近況の報告でした」
西条「ううーん……」
坂本「身ぐるみ剝がされなくて幸運だとは思うけど」

高岡「藤谷君はさ」
藤谷「はい？」
高岡「そういう人生をこれからも続けていくの？」
藤谷「うん」
高岡「そうですか」
藤谷「ええ？　今の会話は何？」
高岡「こっちがわの人々にも心構えが必要なの。今後もあなたを心配しながら生きていくという」
藤谷「ああ！　ごめんなさい！　いや、あのね、大丈夫だよ、僕どんなに迷子になっても最終的には帰ってるよ、自分の家に」
高岡「頑張って追いかけて迎えにいくマネージャーがいてくれて、幸せでしたね」
藤谷「うわ、ほんとだ！　源司《げんじ》さんの人生に責任とらなくちゃ。源司さんと結婚しようかな？」
西条「は!?」
高岡「待て待て待て。源司は俺のものです」
藤谷「そうなの？　じゃ源司さんと高岡君と三人で結婚しようか？」
高岡「あなたは『結婚』って単語を言いたいだけでしょ」
藤谷「そうだよ。結婚できる人はいいなあ！　俺も結婚してみたい。源司さんと」
坂本「もういいから藤谷さんは帰ってよ！」

レガート

速く鳴らす音楽なら得意なんだけれど。

切羽詰まった衝動のようなテンポなら、一種の慣れで弾けるんだけど。

「あなたはなぜ、いまさら大人ぶって見事なスローバラードなどを書くの？」

「俺だけのせいじゃないよ。高岡《たかおか》君が美しいギターを弾きたがってたから書いてあげました！」

美しいギター、とかね。

逃げ場のないところで要求されると、日々のごまかしが顕在化する。

「こっちは崖っぷちでやってるんですが、みなさん案外平気で突き落としにかかるね」

「でもどうせ高岡君は弾くよね？」

「どうせ？」

「他の未来はありえないというニュアンスの『どうせ』だけど、そうだよね？」

「まあね」


だから一発目の音で苦戦する。

鳴るべき音色が見当たらなくて、くりかえす。

「悪くはない。悪くはないよね」

藤谷《ふじたに》が言う。スタジオで。録音機材の前で。つまり土壇場で。

こんな最終段階に到《いた》る手前で、エンジニアやディレクターやマネージャーを巻きこむ以前の、せめてリハスタのなかで、そもそもの本来は自宅で、宿題は済ませてくるべき。

なのにねえ。

「ギターは悪くないし高岡君も悪くない」

「悪くないけれども？」

「なんだろう？」

「美しくない？」

「その件なんだけどさ、美しいってなんだろう？」

「ああ。そういう大命題の話をここでしなくてはならないの？」

「だって僕は基本、高岡君の音は美しいと思ってるからね恒常的に。だけど、さらに、ぬきんでて美しい音っていうと、それはどういうものだろう？」

「ぬきんでて」

「そう。欲しいのはそれだよ。僕どういう要求をしてるんだろう。きみに血を吐いて死ねって言ってるみたい。でも当然死なれたら困るんだよ」

「なるほどねえ。……ひとつ恋バナをしていいですか？」

「あっ。珍しい話題だ、どうしたの？　聞くけど」

「ちょっと新しい話題なので言ってみるけど、昨日振られたのよ」

「昨日って、二十四時間前ってこと？」

「約十二時間前」

「ほんとに？　ついさっきだよそれ。ええー。この人でも振られるんだなあ、びっくりした」

「いや、俺はいつも最終的には振られるんですよ」

「そうなの？」

「『ワタシのこと愛してないでしょう』って言われるの」

「そんなことないよって答えてもダメなの？」

「そんなことないよと俺は言わない人間なの。満足なレベルまで愛さなくてゴメンナサイと思うので」

「それはさ、事実上は高岡君のほうが振ってるんじゃないの？」

「でも俺は、自分が振られたと思ってしまったの」

「わかる」

「わかるの？　どんなふうに？」

「高岡君ってそんな人だよね、心当たりがあるなあ、という意味でわかる」

「そのような俺という人間のカルマは、藤谷君の美意識のなかでは美しいカテゴリに含まれる？」

「うん。すごく含まれてる。かわいそうでどうしようもないものでしょ？」

「台無しになるから言語化しないでくれる？」

「台無しなの？　そうかな？　ほら俺は俺のありさまが基準値になってて高岡君のことは相変わらずカッコイイと思いこんじゃってるから、きみの惨状がリアルでわかってないんだよ。そのカルマのところで弾いてみようよ。それ弾きたいよね？」

　藤谷が言う。

「たぶん僕そういうのが好物だから」

　悲惨なものとか。

　救いがたいものが。

薄皮剝がれた傷口だとかそういうものを、拾いあげて、鳴らして。

　もし、一瞬、それでもyesと言えたらいいよね。yesって、ヨーコとジョンの二番煎じみたいだけど。


　それほど大きなことは考えてない。博愛や、世界平和なんて。お綺麗《きれい》なお題目には遠い、極東の吹きだまりの二足歩行動物のうちの一匹の、遊戯として、六本の弦の共振の結果をアンプに吐き出させて、頭にあるのはせいぜい他人よりも優《まさ》っているかどうかだったり、些細《ささい》なプライドを保てるかどうか。

　明日の生活、一年後の居場所。九分九厘が、くだらない画策。屑《くず》のような。

（屑鉄に含有される微細な養分からでも花は咲くのかな）

　無理だろう、そんな理想論はないだろう、諦めて現実を承認して薄ら笑いをして生きるべき。
ベルトコンベア的に時間が蓄積して老いていくのに、
いつまでもしがみついて。
血を。
そのときだけ熱を上げて左手に流せ。
全部の。
正も負も、純も不純も、高速で心臓に押し流されて
動け。
(いつかフレットに触れる指も朽ちて消えて原子に還《かえ》
る)
(いつか轟音《ごうおん》の鼓動も止まって)
すぐに、さよならのときが来て、忘れられるんだろ
うな。
生き物が簡単に死ぬことならわかっているので、そ
う思ってしまうんです。
愛してないわけじゃないよ。
うまく言えないけれど。

忘れられたくないな。
(一生なんて贅沢《ぜいたく》は言わないから、せめて)
弧を描く音の周囲に金の粒を散らして。
摩耗する、ストラトキャスターの、残骸で。
地に落ちる蝶《ちょう》の鱗粉《りんぷん》のように、いま、旋律が往《ゆ》き過
ぎたことの証明を残したいんだ。
そこに、歌があったことを、俺は知っているよ。
忘れたくないんだ。
(そんな音ならば、弾いてあげる)
愛の身代わりに。

ボトル

瓶詰めの手紙に憧れた、とボーカリストが言う。

ガラス製の瓶に手紙を詰めて海に流すという行為に価値がある。伝達する内容自体に重きはおかない。メッセージをあてどなく漂流させる。とてつもない不確定性に賭ける。その絶望的な、希望。一種、現実から乖離《かいり》した、楽観。

そんなの日常だけど。

「僕、かるがるしく天才になるのやめようかと思うんだよね」

とプリプロ作業中に藤谷《ふじたに》さんが言って、またくだらないこと考えてると俺は思ったけど多分会話の矢印がこっちには向いてないから無視する。（そんなことより早急に処理するべきは浮いてる八分音符の置き場）

「あなたの人生はあなたの自由ですからべつにどうでも」

ほっといたら矢印を受信したらしい高岡尚《たかおかしょう》が（しなくていいのに律儀に）答える。どうせ六本の弦のことしか頭にないギタリスト。あきらかな内実との齟齬《そご》。

（でもそれも高岡さんの趣味なんでしょ？）

「これ人生の話？　そうじゃないよ。片思いしてる女の子相手に夜中にラブレター書いて朝になって読み返して駄目だムリだ！　って自宅のゴミ箱に捨てちゃう音楽はつまらない、だから捨てるのはやめよう！　という音楽の話、つまり仕事の話に隣接してるよ」

「切手を貼ってポストに入れるまで徹底しろということ？」

「それだとかなりの確率で相手に届くけど音楽にはそ

こまでの確実な道筋が見当たらないから、せいぜい手紙を瓶に詰めて海に流す努力。そこが僕にとっての、重要な努力。天才な俺に丸投げじゃなくて。一個の人間として心をこめてがんばる領域というか」

「そして海のゴミ増量に荷担すると」

「ゴミじゃないよ、やめてよ。きみ本当はわかってるよ僕の話」

「理解できないとは言わないまでも、何をいまさらとは思っています」

「いや、待って！　高岡君は年寄りだからそうかもしんないけどさ、こういう僕の模索がちょっとは坂本君《さかもと》の役に立つかもしれないし」

は？

何それ。

「いまあんたの左手が決めかけて忘れてるコードの詳細を教えてくれたほうが何百倍も俺の役に立つんだけど!?」

「それはそれだし、これはこれだよ！」

不本意そうに藤谷さんが黒鍵と白鍵を混ぜて鳴らして、予想よりかなり難解な座標にコード進行、ビリヤードの球みたいに飛ばされたから、なんだそれと俺はまた思いながら。

「自分が不利になると都合よく俺の名前出すのどうなの」

「都合よくじゃないよ。坂本君への愛情だよ」

「俺はあんたと同じ次元にはいないから、藤谷さんには藤谷さんなりの成長をしてほしい。俺あての手紙は、瓶に詰めずに手渡しでいいし」

「うわっ。坂本君が大人だ、むかつく!!　どうしよう!!」

「手持ちの武器総勢でやっつけなさいよ」

他人事《ひとごと》だから物騒にそそのかす高岡尚。つまりこの大人二名、単純に、めんどうくさい。

ってことくらい最初から知ってる。

音楽は何《ど》処《こ》に？

音楽は何処《どこ》に？
この主題《テーマ》もしくは動機《モチーフ》がベーシックな七和音の転回形のように何度でも僕につきまとう、
だれかに訊《き》くまでもなく教わるまでもなく、それは在《あ》る、いつであっても僕の、音楽は、
い、い、い、音楽は此処に、
されど情けなくも一瞬だけたじろぐ僕の右脚の醜態それは今日《こんにち》にいたるまでの犯罪歴の後遺症、
ねえそれでもきみたちに、僕は性懲りもなく手渡す心づもりでいるんだ、
僕の指先にうまれくる透明な音符と火花を散らす爆薬みたいな驚きと企《たくら》み、
つまりは、いくつもの未知の財宝の地図を、いくつもの悪辣な真夏の旅の計画表を、……

【1】

音楽は何処に？

それは、左側から。左手の薬指の爪の先のナノレベルの感知器官から。

来ることもある。（こともある。毎回ではなく）

昨日どうにか機能していた脳細胞の、今日や明日の保証のなさ。

まあそれでも、いまもってなお僕は生き抜くと決めている。そう、したたかに生き抜くことを我が身に課している。足首にくくりつけた鉄の輪のように頑として。

どうしてかっていえば理由は。

（『宿業』と僕のギタリストの話であれば言うけど）

（しかし僕は彼とはちがう人間なのでどうなのか、わかると言いがたい）

左手の指先がままならず震えるときは自身のどこかに置き忘れた罪業をかえりみる。

かつてあるいは現在そして未来すべての時制において僕がブルドーザーのように踏みにじり蹴散らす、音と旋律、さらには、だれかの心。

（かわいそうなことをしたのでは？）

（けれどももしかするとそれはむこうから見て僕のことなのかも）

（マジックミラーを透かして観察され憐憫《れんびん》を注がれているのは僕なのかも）

さあどうだろう僕にはわからない僕にわかるものは至極狭い視界とわずかな音の萌芽《ほうが》。

左手でつかまえるフラットに傾斜した十六音符。減衰《げんすい》する前に狩る。

はやく。一刻も、はやく。

（なんのために？）

（なんのためなんてその質問への答えは簡単すぎるだろう、そのくせくりかえす）


もしもし、と電話にむかって話してから、相手はだれだっけとわからなくなる。そういう不実なコミュニケーションに対して本来は批判的なのに今日はそこそこ慈悲深いギタリストが、

「生きていますか？」

と、言う。yes. 肯定。今日も五線紙と鍵盤が僕をきみたちの世界と繋いでくれるようにと祈りながら生きている。

「あれっどうしたの高岡《たかおか》君、僕に会いたくなった？」

そもそも僕らは何日会っていないのか僕には記憶がないのだった。不実×2。

「いまごろ藤谷《ふじたに》君がおなかをすかしているのではないかと思いました」

「うわほんとだ、峻厳《しゅんげん》とした現実だ、それは否めない」

「では鍋で」

「いいけど僕への相談ではなく決定事項として言ったよね、いま」

「ついては、藤谷家のリビングに相応の隙間を空けておいてください」

「えっ待って、何人分の隙間が必要なんだろう？」

「そこはあなたが決めていいですよ」

「そこは俺なんだ」

「一万人のオーディエンスが欲しければそのぶんも」

なんて科白《せりふ》をさらりと言うからカッコイイよねこのひと。

「ねえ高岡君、そんなこと商売人の藤谷ナオキに言ったら、いまからほんとに一部始終ネットで生中継しちゃうよ」

「やめて」

「えっ。早々に撤回しちゃうんだ、もったいなくない？　きっと需要あるよ」

「一も二もなくやめて。プライベートの安売りはしません。それから『藤谷ナオキの安売りもするな』と、そこにいる商売人の藤谷ナオキに言っておいてください」

「はい。言っておきます」

叱《しか》られたけれど僕は嬉《うれ》しかった。

カッコイイよね。

【1＋1】

カセット式コンロと鍋そのものとネギその他（ポリ袋からはみだして見えるのがネギの先端だけなので他の収容物はわからないけれど。大雑把に言うと野菜系の食材）を持参のうえギタリストが来た。

まさかその大荷物でバイクで来たんじゃないよねと彼に訊いたら「検討はした」との返事。

「嘘《うそ》。やめようよ私的な鍋会のせいで転倒事故とか」

「諸々の交通手段を検討のうえ、電車で来ました」

「いいね、ロックンローラーが電車」

「源司《げんじ》が肉担当です。霜降りを買ってくるとのこと」

「なら僕が財布担当だ」

「そうしてさしあげて」

「あっ高岡君どうしよう大変だ。僕、鍋の作り方知らないんだ」

「寄せ鍋は作る作らないというレベルのものではないのよ」

「でもいまきみ現に台所で野菜を洗って包丁で切っているよね、もうそれ『調理』のゾーンの行為だよね」

「はいはい」

「その言い方さ、高岡君がめんどうくさくなって流した印象になるんだけど」

「その発言の最後の『印象』の二文字を削除して事実にしてください」

「俺ほんとうは高岡君に嫌われてるのかなあ……」

「東大《とうだい》卒のお利口な藤谷君にひとつ質問ですが嫌いな相手のためになぜ大荷物を抱えてきて台所で野菜を切っているの俺は？」

「……『ついうっかり』？」

「……内角ギリギリに球を投げるのやめてください。俺いま包丁持ってて危ないからね」

「うんわかった、我々は仲がいいからって結論でいいよね」

「話のまとめが雑」

「雑だった？　ごめんね」

【1+1+1】


「あれっ肉じゃない」

この僕の発言のバックボーンには、インターホンが鳴って、でもおそらく源司さんだと予測したのでインターホンの受話器はとらないでダイレクトに家のドアを開けにいったら源司さんではなかった、という事情がある。

「肉、では、ない」

BPM60、一拍ごとに区切って、僕らのキーボーディストが確認する。

眼鏡のフレームの内側、いったん頭の痛い人みたいに眉間に皺《しわ》を寄せて思考をする。

「……いや、肉も、ある。鶏《とり》団子。つまり『鍋っぽい具材』担当が俺で。豆腐とか白滝とか」

「ああそうなんだ」

「ていうか、ここの鍵って俺は持ってるからわざわざ開けに来なくていいし」

「でも坂本《さかもと》君いまピンポン鳴らしたよね」

「それは常識的なマナーと思った」

「ああそうなんだ」

「猫どこ？」

坂本君はうちに居ついている猫のことが好きで、僕は彼が猫と一緒にいる光景を見るのが好きだ。なんらかの癒やしの効果がある。

「さっきから見かけないから二階じゃないかなあ」

「猫の名前まだ秘密なの」

「うん、恥ずかしいから教えない」

「めんどうくさい……」

いっそう頭の痛い人の顔になってどこかのスーパーマーケットのロゴの入った袋を僕に渡して、階段をのぼって勝手知ったる我が家の二階に坂本君が消える。

すぐに白い猫を抱えて降りてきた。

「なんで藤谷さんがわざわざ待ってるの」

「坂本君が久しぶりにこの階段を降りてくる姿を見ておきたくて」

「……また何か言おうとしてる？　感慨深いとかそういう種類の……」

「してるね俺」

「何回言えば気が済むのかと思うんだけどさすがに」

「そうだなあ、きみの人生の区切りごとに僕は恩着せがましく積極的に言いたいよね！」

「とりあえず今日は、大半の確率で俺の人生の区切りではないから」

「わからないよ、きみが数年後になって回顧したら『藤谷ナオキと会えたのはこの日がラストだったなあ』って思うかもしれないよ！」

「絶対思わない。藤谷さん俺と明日会う予定なの忘れてるよね？」

「そうだっけ？」

たぶん僕は憶《おぼ》えていたつもりなのに。

たぶんの三文字が付着していたので僕の劣勢だ。

ＢＰＭ６０、一秒に一拍という概念、

（生きているひとの心臓の鼓動と似ている速度）

ほかならぬきみから、
鶏団子とやらの包摂された袋とともに、
受領する、あるいは伝導される、
という、たぐいまれな幸運。


音楽は何処に？


ほら、そのあたりから鳴りはじめるんだろう、

（歓喜と祝福を歌うオルガン）

（天と地をつなぐ巨大な柱のごとき純白の太陽光）

イメージを限定する無駄な考えを抛擲《ほうてき》して、ほんも

のの自由を勝ちとれ、
（水晶のピアノの黒鍵）

音楽は何処に？

【1＋1＋1＋1】

次こそ肉だと思ったから自信を持って扉を開けると実際に肉担当の源司さんが立っていて、そのうえ、びっくりして僕に言う。
「うっわあ不用心な奴！」
「あれっ？　不用心だった？」
「相手を確認しないでドア開けるのやめような」
「確認したつもりだったんだけど幽体離脱したかな俺」
「この男、ドア開けないときは煮ても焼いても、とことん開けないのになあ。特に締切前」
「ええっ？　ごめんなさい」
「反省の色が見えるのはいいこと」
にやりと笑って（世の中のほとんどのひとがこの顔を見たら『兄貴！』と思う感じだ）源司さんが僕をゆ
るしてしまうので、えっ、いいのかな、ゆるさないほうがいいんじゃないかな、と、僕の背中に棲息《せいそく》する僕の臆病さや警戒心たちが当惑をする。
いや、源司さんがまちがっているなんて意味ではなく。
（彼は有能な仕事人であるだけだ。僕のような……めんどうくさい種族を……熟練の猛獣使いのように巧みに操る、それを生業《なりわい》として報酬はうけとる）
なおらぬ風邪みたいに僕にとりついている臆病さや警戒心を飼い慣らして、
次の音符にうつれ、
散らかした五線紙のそこかしこでときおり幽《かそけ》く瞬《またた》く、
稀少《きしょう》性のたかい、
勇気や、
信じるきもちを、

何歳《いくつ》になろうと、虚《むな》しくなろうと、もしかして明日がなかろうとも、
うごきのわるい右足から踏みだして、
次の音符にうつれ、

リビングの中央をなるべくあけておいたけれども僕の目算は甘く、まだまだ片付けるべき余地は多くて、エレクトリックピアノを源司さんが持ちあげて壁際に寄せてくれた。

さらに床やソファに置きっぱなしの五線紙を坂本君がずいぶん苦々しい顔をしながら（というのは彼の性格がそういう苦々しいひとだというわけでは決してなくて、僕がその紙に書いた旋律が名曲だからだと、ちゃんと僕は知っている）拾いあつめてくれたから、僕はどうもありがとうと言う。このひとにぶじに今日も苦々しい顔をさせることができてよかった、と思いながら。


もしも僕の音符が期待に反したならば、坂本君は正直に「不満足である」と伝えてくれるだろう。だから僕は、どうもありがとうと今日も言える。

僕はきみにそういう意味の期待をかけていて、でもそれは利己的できみにとってはありがたくない傾向の期待だろうということも知っている。

知っていても変えない。

すなわち僕はずるい。

だってせっかく手に入れたんだ、僕の音楽の審判者として信用をおけるほどの他者（というなら桐哉《とうや》も信用できるひとなのだけど桐哉と僕は『他者』にはなりそこねている）。どうあろうと手放してなるものかという深い執念を否めない。

ずるさや疚《やま》しさや怯《おび》え、僕の微細きわまる震顫《しんせん》をも、のがさずにすべて、
焼《く》べてその火焔《かえん》の、

光を、
うつしとれ、
たゆみなき肉声の音を、
抉《えぐ》って鳴らせ、

音楽は、

【1＋1＋1＋1＋1】

台所の支配者を名乗る高岡君が全部の具材の支度をしてくれて、もはや僕らに残された仕事は、鍋のなかにそれらをほうりこむことだけなのだそうだ。（ただし高岡尚は鍋奉行でもあるので僕らは変なタイミングで肉をほうりこんだりしてはならない）

「高岡君、僕になにか仕込まなくてよかったの？　ネギの切り方とか」

「教えるのに吝《やぶさ》かではないですが、親切に教えたことを忘れられたら怒るのよ俺って」

「ああ……それは未来が見えるよね」

「うちのバンドには予知能力者が多くてなによりです」

「それで、アカネは今日、何担当なん？」

と、源司さんが訊く。

「酒担当です」

と、高岡君の返答。

「ええっ嘘！　お酒買ってくる子になっちゃったんだあのひと」

「なっちゃったっていう雑な言い方やめなさい」

けっこう素で僕は驚いたんだけど、高岡尚に頭を小突かれた。

「いや、ちがうよ、まったく貶《おとし》めてないよ！　高校の制服姿でここに通ってた子が、立派にお酒を買えるお歳《とし》になられたんだなあと感慨深くなって」

「藤谷さん、感慨が多すぎる。年寄りくさい」

坂本君にも叱られた。

「ちょっと待って！　なんだか僕の味方が足りない！」

僕がそう言った途端に、

「はい！　先生の味方が到着しました！」

いつしか僕の背後にあらわれ（彼女もここの鍵を持っているのでそれ自体は不思議ではない）、自由の女

神みたいに元気のいい挙手をして、僕たちのドラマーが宣言をしたので、

「藤谷クンこれは反則でしょう……」

と、高岡尚が僕を正しく糾弾し、

「うははは、さすがセンセイずるいな！」

と、源司さんが笑って、

「このひとが卑怯《ひきょう》なのは大昔からの大前提だから」

と、坂本君が冷静に言った。

でもぜんぜんかまわないんだ、僕はきみたちのそれらすべての言葉をどれほど愛《いと》おしく受けとめているか、知らしめたい、たとえ嫌だと言われても骨の髄まで思い知らせたいな、
大声で叫ぶよりももっと強い奇襲じみた手段で、もっと華々しく過剰に奏でるスフォルツァンドの奔流で、

音楽は何処に？


「ねえ朱音《あかね》ちゃん、音楽が何処にあるか知ってる？」

僕がだしぬけに尋ねると、彼女はＢＰＭ１２０のリズムでまばたきを二度。

やがて僕の部屋、いや家全体、あるいはそれより広そうな範囲で、人差し指をぐるりとまわして言った。

「……このあたり？」

「around here って意味？」

「ええと、むしろアラウンド、テン・ブランクです」

「それだ、正解だ！」


音楽は何処に？

顔を知らないきみにきこえるように、
囁《ささや》くピアニシモの貝殻、
顔を知らないきみをはげますように、
鳴らすアナログの倍音、

明滅する真夜中の都市の電飾、滑降する零下の氷雪のスリル、廻《まわ》りめぐる観覧車にはじける純度の高い橙《だいだい》色の旋律、ひとひらだけ散りそびれた真白な花弁の艶やかさ、

あらゆる種類のひとびとの息吹、あらゆる種類の愛を伝える言葉としぐさ、

正しかろうが間違っていようが、どれも混淆《こんこう》するまで、

今日もまた僕の指が、唯一の鍵盤を鳴らす、

鳴らしつづけることを、誓う、

ねえ、きみのいるところにはまだ音楽があるのかな?

明日も、
明日の先にも。

ビハインド・ザ・シーン

［side A］

WEDDING MARCH

気分は？　と、桐哉《とうや》が訊《き》いた。

似合わねえダイヴに挑戦した気分は？

ダイヴは最悪だけど生きてて最高だよ。

僕はそう答えたと思う。思う、なんて程度に、すごく眠かったので、記憶があやふやなのが申し訳ないんだけど。真夜中、桐哉が病室に来たという事実自体が僕の脳内の幻想めいていていて、都合のいい夢のひとつみたいだった。

「ごめんなさい。猫、頼んで」

「貸しは倍返しな」

「うん。大丈夫。線路に落ちても僕はまだピアノ弾けるらしいから、いつでも桐哉のために弾くよ」

「悪運強えな」

まるでなにかの約束を果たしているみたいに桐哉は今夜も黒ずくめのサテンのシャツとジーンズを着ていて夜なのにサングラスもかけていて、だけど口元でくっきり笑ったのは僕のおぼろげな眼《め》にもあきらかだった。怒られると思ったのに拍子抜けだな。僕はまだ高《たか》岡《おか》君にも源《げん》司《じ》さんにもじゅうぶんに叱《しか》られたとは言いがたくて、桐哉くらいには僕の不始末を罰されたいと期待していたのだろうな。血縁によりかかりたがる僕の安易な習い性。

「お兄チャン、失恋してメシ食うの忘れたの」

「ちがうよ」

「ちがわねえだろ」

「そんなの最低な『かまってちゃん』だよ」

「だからそうだろ」

く、く、と喉を鳴らして桐哉が笑った。

ひときわ楽しそうだった。

腹が立つんだけどそういう桐哉は可愛《かわい》いとも僕は思うんだ。

面倒がらずにわざわざ病院まで来てくれるところなんかさ。

一輪だけ、ラッピングなしのむきだしの花を桐哉が持っていて、その光景も好きだなと僕は思った。薄暗い部屋のなかで、喇叭《らっぱ》みたいな形状の白い花弁が仄《ほの》かに光っていた。

「それなに？」

「花」

「なんていう花？」

「カラー」

桐哉が答える。

「の、『ウェディングマーチ』って種類のやつ」

「ひどくない？」

「綺麗《きれい》だろ」

「そうだね」


僕のベッドの膝のあたりに付属してるテーブルから、桐哉がミネラルウォーターのペットボトルをとりあげて、栓をひねった。あけたボトルの口に躊躇《ためら》わずカラーの茎をほうりこんで、テーブルに戻した。花瓶はなかったから、ちょうどよかった。

「ありがとう」

「死んだかと思ったけどなァ」

ちょっと肩をすくめて桐哉が言った。

「もうしばらく生きろよ」

「うん」

「帰る」

「ありがとう。もっと、ずっと長く生きるよ」

僕は念押しをしたけれど、桐哉はなんにも言わずに踵《きびす》を返して、病室を出ていった。一瞬のうちに、黒い嵐が吹きぬけていったみたいだった。白いウェディングマーチは向かい風に首をもたげるように屹然《きつぜん》と佇《たたず》んでいる。うつくしい花の姿を見て、僕はとても安堵《あんど》して、深く深く眠りこむ。

[side B]
INNOCENT NOTE

知らないひとみたい。

と、思った。

「どうしたの朱音《あかね》ちゃん」

藤谷《ふじたに》さんが言った。

病院のベッドに寝ていて。

点滴の針が左腕の皮膚に入ってる。

時間は朝の七時になるころで。

（源司さんから電話が来たのは六時すぎだった。動転して、なにを喋《しゃべ》ったか忘れた）

個室の、病室のドアあけたところであたしは立ち止まってしまって。

ぼんやりと、甲高《かんだか》いサイレンが震えながら近づいてくるのを聴いてた。

この部屋とは無関係な救急車のサイレン。

（先生の左腕）

低音の、ピアノの鍵盤、勇敢に叩《たた》く腕が。

いつもより蒼白《あおじろ》くて。

知らないひとみたいだった。

（どうしたの）

優しい言いかただった。本心からどうしたのなんて訊いてなかった。

あたしのために、声を出してくれただけだった。

「先生、もう叱られた？」

「高岡君に？　源司さんに？」

「どっちでも」

「意外と叱ってくれないんだよね」

困った感じで薄く笑って、藤谷さんが答えた。

「桐哉は怒ってたけど、でもやっぱり意外と怒ってくれなくてさ」

「じゃあ西条《さいじょう》が叱ります」

「うん」

「だめだよ自分をもっと大事にしないと」

「はい」

「藤谷さんひとりの身体じゃないです」

「はい。ごめんなさい」

神妙に藤谷さんが謝った。

よくある決まり文句しか言えてなくて、ぜんぜんうまく叱れてなかった。まだ怖くて頭がちゃんとまわってなかった。とても怖かった。

「朱音ちゃん、源司さんに聞いたの？」

「はい」

「ひとりで来たの？」

「坂本《さかもと》くん外仕事で徹夜でスタジオにいて、さっき電話つながったから、これから来ます」

「アニメのサントラの仕事だっけ？」

「そう」

「すぐ来なくても、寝てからでいいよ」

「寝られないです」

「そうか。ごめんね」

また謝られた。

「僕は足下から地面が消えるまで気がつかない鈍感なところがあるから、朱音ちゃんたちに怖い思いをさせてごめんなさい」

「いちばん怖い思いをしたのは先生だよ」

「そうかな。渋谷《しぶや》駅の僕はただひたすら生きのびることに必死だったんだ。怖いだけじゃなかった。希望はあったよ。僕にはテン・ブランクがあるから、僕に諦めはなかった。こんな言いかたするとＴＢに依存してるみたいに聞こえるかもしれなくて表現が難しいけど」

「必死だったんだ」

「うん。だからさ、今日からは必死でごはんを食べるし、プラットホームの端も必死で避ける」

「約束してください」

「約束します。――ねえ、指切りしようか」

右腕の肘から先をベッドから持ちあげて、藤谷さんが言った。

「楽しくない？　指切り」

楽しいなんて思ってる場合じゃないよ。

（アトラクションじゃないです）

先生、なんだか浮かれてる。

「嘘《うそ》ついたら本気で針千本飲ませます」

「うん」

藤谷さんがまじめにうなずく。

あたしはぎくしゃく歩いて、ベッドに近づいて、藤谷さんが掲げてみせてる右手に、自分の右手をのばして。

小指をからめたら、温かかった。安心した。

お互いの指のすこしだけ触れてる箇所が、優しかった。

（白鍵――ひとつ）

藤谷さんの魔術みたいな音楽の、根っこにある、誠実な単音。

つたわって、聴こえた。

「ありがとう」

藤谷さんが言って、先に手を離した。

「朱音ちゃんと大事な約束したから大丈夫だよ」

「はい」

「また新しい曲ができちゃった」

「いま？」

「うん。ゆうべからけっこうな数の曲ができてて、頭のなかがたいへんなんだ。僕は転んだらただじゃ起きないよ、ましてや駅のホームなんかから落下したとなったら全力で音楽の尻尾をつかまえてから立つよ」

「先生って懲りないね」

「僕は懲りないけど、でも逆向きのコースは辿らないよ。音楽のために自分から線路にぶつかりにいったりはしない、絶対に」

あたしを見あげて藤谷さんが言った。もう一度。

「大丈夫だよ」

[side C]

RINGS OR

モニタースピーカーのハウリングに片耳支配されながらべつのことを考える。

夏のリハーサルスタジオ。

真っ先に鳴りだしたのがドラムセット。

規則的な、それでいてアタックの早すぎる、スネア。

心地よくて、中毒性のある、へんなリズム。

ギターを弾くか、話しかけるか、迷う。

けれどもキーボーディストもボーカリストもまだ来ていないので、この太鼓との一騎討ちはあきらかに分《ぶ》が悪い。

「アカネさん」

「はい！」

「このクーラーボックスはあなたの？」

「飲むカロリーメイトと栄養ドリンク冷やしてきました」

「藤谷が調子に乗るでしょう」

「そうかな。だめですか」

「いや、相応の恩を売りなさいね」

「恩かー」

むずかしいな、とアカネがつぶやく。

西条朱音をアカネと呼ぶようになったのはマネージャー上山《かみやま》源司の影響で。

坂本一至《かずし》のことは一至と呼ぶ。

（ひとつのバンドに『坂本さん』がふたりいることになったので、この呼び分けがラクでもある）

この両名、思い切りよく結婚したものの、バンドの空気は変えなかった。

偉いね。

当方、和を乱しがちな大人なので、そう思う。

「あなたは指輪しないの？」

「えっ」

未知の言語を聞いたみたいにアカネが両眼《め》を見ひらいてまばたきした。そうか。未知か。

「結婚指輪。つけてもいいんだよ」

「それ坂本くんが悩んでしまって」

「自意識で？」

「大人としての資格がまだ足りないとか」

「ああ。いつもの」

「あたしはなくてもいいかな」

「女の子はそういうもの？」

「アンケートかな？」

照れ笑いをしてアカネが首をかしげた。

「そう。ごく狭い範囲で俺の人生に役立たせるアンケート」

「責任重大じゃないかな」

「そう？」

「でも高岡さんが結婚指輪したら藤谷さんが泣いちゃう」

「あんな男は泣かせます」

「あはは！」

ドラムセットのなかで、膝を叩いてアカネが笑う。

「アカネが泣くならやめるけど」

「そういう気軽な発言よくないです！」

「そうね」

「西条は、どっちでもいいですよ。指輪なくても、音楽があるし、指輪があっても、やっぱり音楽があるし」

「うん」

「特殊かも」

「いいんじゃない？」

「人生の役に立ちますか」

「はい。ありがとうございます」

「役に立つんだ」

おもしろそうにアカネが言う。

そう。

常時、あんがい余裕はないし、あんがい暗中模索なので。

六本の弦の手触りのほうがずっと確実で。

（束縛の願望ならば美しくないなと思ってしまうので）

悩める青少年の自意識を笑えない、狭隘《きょうあい》な料簡《りょうけん》があって。

シンプルな生きかたが苦手で。

それでも欲しいものから手は離さない。

駄々《だだ》っ子なんだろうな。

（音楽がある）

それは救いでもあり、呪いでもあり。

いまさらなので今日もギターを弾くけど。

なるべく永遠に近く。

「うちのギター屋さん、いいギター弾きますよね」

あらたまって言われる。

「テン・ブランク再開してからのギター好きだな。昔から大好きですけど」

「そう？　殺気が減ってない？」

「そんな簡単に減らないです」

「ならよかったです」

「その件なんだけどさ！　高岡君のギターなら僕だって大好きだよ！　それで僕が言いたいのは、いまの高岡君をまるごと冷凍保存したいくらい好きだってこと！」

ばたばたとリハスタに駆けこんできた藤谷が、唐突な話運びで唐突な主張をする。

「それって可能かな？」

「無理です。ナマモノなので」

「だよね」

「新鮮なうちに使ってください」

「言ったね？　絶対に、僕の曲を散々弾いてもらうからね！」

「あなたのギタリストなので」

「言ったね？　安売りしたね」

すこし口が滑ったなと思った。言葉尻を見すごさなかった藤谷に、ちらりと笑われた。

「高岡君のそういう迂闊《うかつ》なところ、僕は大好きだな！」

「散々弾きたいので曲を書いてください」

「書くよ！」

堂々と藤谷が胸をはった。

「僕だって僕のバンドとウェディングマーチくらい鳴らせるからね！」

「自虐？」

「ちがうよ！」

「ごめんなさい」

「白い花みたいな曲をあげるよ」

視線をあげて藤谷が言う。宙に浮いた透明な数字を眺めて頭のなかで計算をくりかえす。

「明日。明日には、できるよ」

「うん」

「楽しみだね」

最良の未来が待っているかのように藤谷が言うから。

「そうね」

明日を好きになれる気持ちで答えた。

「藤谷さんそれプリプロ作業も含めて言ってる？」

最後に登場した坂本一至が、眼鏡のふちを押さえながら迷惑そうに尋ねる。

「あっ。そうだね。坂本君、明日うちでいっしょに作ろうよ、いい？」

「わかったけど、このひとのスイッチ押したの、だれ？」

一至の質問に右手をあげたら、肺腑《はいふ》の底からためいきをつかれた。

「高岡さんにも責任をとってプリプロ参加してほしい。どうせギター中心の曲になるし」

「あっじゃあ西条も行っていいですか、藤谷スタジオ」

アカネが言う。

「いいよ。朱音ちゃんもおいでよ。みんなで作ったら楽しいよ」

藤谷が答えて、「やった！」とアカネが万歳をした。

「明日の話もいいけど、今日の音を鳴らしてもいい？」

そろそろ禁断症状が出るので、ギターのフレットに指先を添わせて、三人に訊く。

「高岡君はさ、なんで観客ゼロのときにも、無駄にかっこいい言いかたするの？」

藤谷が失礼なことを言いながらプレシジョンベースのネックを拾って、ストラップをかける。

「ウォーミングアップなしなんだけど」

文句をこぼしつつ一至がキーボードラックの前に立つ。

ふふ、と口元をゆるめて笑ったアカネが、両手にスティックを持って、スタジオのなかを見渡す。

呼吸を読んで、カウントを打つ。
四、三、二——点火。

あとがき

おひさしぶりです。グラスハートシリーズの新作をお届けします。
バーズノベルスで完結巻と新装版を出していただいたあとに、もう一冊番外編を出します、とは、ずいぶん昔に皆様にお約束していたのです。このとおり、たいへん、たいへんおひさしぶりになってしまって、申し訳ありません。寛大なる幻冬舎コミックスさんが、ベストなかたちで刊行してくださりました。
たくさんの方々のお力添えと数々の奇蹟に感謝します。

各作品の初出などについてすこし。

「アグリー・スワン」……書きおろし。プロットは2011年にできていて、本文は2020年から2022年にかけて書きました。タイムカプセルをあけてぼろぼろの設計図をひろげて、過去と現在の両方に対して誠意ある仕事をしたいと思いました。

「シークレット・トラックス」……応募者全員サービス小冊子「SECRET TRACKS」（2010年）から。この原稿をすごく収録したかった。いい原稿だと思います。

「シークレット・フラワーズ」……応募者全員サービス小冊子「SECRET FLOWERS」（２０１１年）から。アグリー・スワン読まないとわからない（こともある）話だったなというのが反省点です。

「R&R IS NO DEAD」……２００９年発行の同人誌。シリーズ完結記念として作った私家版です。同人誌に発表した作品を商業の本に載せることに、抵抗があるな、と思われる方には、申し訳ないです。自分としては、これは後の世に残したいという気持ちがあるので、収録することにしました。タイトルはユニコーンのアルバムから。最後の「ボトル」のみ、２０１３年に書いたものです。

「音楽は何処に？」……２０１６年発行の同人誌。当時「いまの私にグラスハートが書けるのだろうか？」と疑問に思っていたのですが、突然自動書記のようにこの原稿を書かされてしまい、アグリー・スワンを書くしかないなと思い直したのでした。

「ビハインド・ザ・シーン」……書きおろし。２０２３年の年明けに書きました。この本全体のしめくくりが欲しかったので。桐哉が書けて嬉しかったです。

一冊の本のなかに大幅な年月が横たわっているので、文章を揃えることはあんてしないで、元のままで載せています。（通常、「くちびる」「唇」などの表記の不統一があったらどちらかに揃えることが多いのです）

アグリー・スワンについて、あらためて。

シリーズ完結後、とてもたくさんの方から「高岡君を幸せにしてくださいね」と言っていただいたのです。

でも高岡尚当人は頑として「幸せってなに？」と言うので……「ちょっとまじめに本腰入れて考えようか！」と肩を叩いて、長い時間かけて語りあってみました。アグリー・スワンは、その結果です。

高岡がギターを弾くかぎり「幸せってなに？」は発生しつづけるし、幸せも発生しつづけるのだと思います。

理多というヒロインは時間とともに変化しつづける子だったので、一作のなかでだんだん文体も変わっていくのが自分的におもしろかったです。

ただ、ひとつ目算違いがあって、『イデアマスター』と『アグリー・スワン』の二冊でテン・ブランクの物語は終わるはずだったんですけど「意外と終わってないな……？」といまは思っています。意外と終わっていない。

今度は藤谷君と語りあうターンなのかもしれません。殴りあいかもしれない。

ラスボス的な手強さがあるので、どうなるのかわかりませんが、頑張ってみたい。

どうにか私は、今日も小説を書いていて、今日も音楽を聴いています。あたりまえではない、ありがたいことです。

三十年以上前に（「ＡＧＥ」という短編で）出会った高岡尚と、いまだにつきあっているというのも、不思議な奇蹟です。令和におまえの本が出てしまったぞ高岡。

それもこれも、お読みくださる皆様のおかげです。ありがとうございます。

藤田貴美先生に今回もイラストを頂戴しました。本当にありがとうございます。とても、とても嬉しいです。藤田先生の絵も、グラスハートにとっての奇蹟です。

担当編集様、デザイナー様、この本におさめられた作品に携わってくださったすべての関係者の皆様に、御礼申しあげます。

そしてこの本を手に取ってくださった方。どうもありがとうございます。

びっくりなタイミングでまさかの本が出てすみません。

お楽しみいただけたら嬉しいです。

ではまた、新しい冒険の途中、大きな海のどこかでお会いできますように。

若木未生

初出

アグリー・スワン ―――――――――――――――――――――――――――― 書き下ろし

シークレット・トラックス ――――――――――――― 2010年5月　小冊子「SECRET TRACS」

シークレット・フラワーズ vision of radiants ―――――――― 2011年6月　小冊子「SECRET FLOWERS」

R&R IS NO DEAD ――――――――――――――― 2009年12月　同人誌「R&R IS NO DEAD」

音楽は何処に? ―――――――――――――――――― 2016年12月　同人誌「音楽は何処に?」

ビハインド・ザ・シーン ――――――――――――――――――――――――― 書き下ろし

GLASS HEART アグリー・スワン

2023年12月31日　第1刷発行

著者 ——— 若《わか》木《ぎ》未《み》生《お》

イラスト ——— 藤《ふじ》田《た》貴《たか》美《み》

発行人 ——— 石原正康

発行元 ——— 株式会社　幻冬舎コミックス
〒151-0051 東京都渋谷区千駄ヶ谷4-9-7
電話 03-5411-6431（編集）

発売元 ——— 株式会社　幻冬舎
〒151-0051 東京都渋谷区千駄ヶ谷4-9-7
電話 03-5411-6222（営業）
振替 00120-8-767643

デザイン ——— 清水香苗（CoCo.Design）

印刷・製本所 ——— 株式会社 光邦

検印廃止

ISBN978-4-344-85348-5 C0093
Printed in Japan

幻冬舎コミックスホームページ
https://www.gentosha-comics.net